講談社文庫

紅のアンデッド

法医昆虫学捜査官

川瀬七緒

講談社

目次

紅のアンデッド

法医昆虫学捜査官

第一章　法医昆虫学者とプロファイラー

1

煩《わずら》わしいネクタイを手荒に引っ張って緩《ゆる》め、息苦しいほどの暑さとセミのやかましさをののしった。熱せられたアスファルトからは陽炎《かげろう》が昇り、びっしりと建ち並ぶ住宅群を歪《ゆが》ませている。干上がりかけた善福寺《ぜんぷくじ》川の底からは、いつ投げ込まれたとも知れない朽ちた自転車の車輪が覗《のぞ》いていた。

荻窪《おぎくぼ》の北側にあるこの一帯が荒《すさ》んで見えるのは、これら外観のせいだけではないはずだ。血の通った人々の生活感が見えず、どこか取ってつけたような明るさが町に馴《な》染《じ》まず浮き上がっている。

岩楯祐也《いわだてゆうや》はくしゃくしゃのハンカチで顔と首の汗をぬぐい、そのままの状態でまたポケットに突っ込んだ。低地を流れる川沿いの住宅はどれも古く、築五十年以上とおぼしきものばかり。その一群のなか、玄関先を過剰に植木で飾り立てている家々が異様なほど目についた。植えられているのはどの家もオレンジ色のマリーゴールドのみであり、くすんだ空間に差された彩りが極めて唐突だ。

岩楯は古い家並みを観察しながら足を運んでいたが、すぐあることに気がついた。マリーゴールドが飾られている家には、もれなく小さな犬の置物がある。陶製で、ディズニー映画に出てきそうな愛嬌《あいきょう》のあるものだ。どうやらオレンジ色の花と犬はセットらしく、なんらかの意味をもつものと思われた。

「住人同士のつながりがややこしそうな町だな」

岩楯は日陰がまったくない通りを歩きながら口を開いた。

「隣近所の仲がいいというより、これではまるっきり縄張りの主張だ。けばけばしい鉢植えと犬の飾り。それを表から見えるところに置くことが、味方陣営の決まりらしい」

「味方陣営……ですか」

隣を歩く相棒の鰐川宗吾《わにかわそうご》が、中指で黒縁《くろぶち》メガネを押し上げた。

「ここらの住人は古参で若くはないはずだが、『おそろい』とか『なかよし』の主張が強いんだよ。ガキならまだしも、ここまであからさまなのはあんまり見ないぞ」

「なるほど。そういう見方もありますね。確かにオレンジ色の花も置物も統一されていて、何かグループの目印のように見えます。町内会のイベントにしてもへんですしね。もしかして、住人同士になんらかの派閥があるのかもしれません」

「だろうな。この通りをざっと見ても、花も犬もない家がある。そこが対抗派閥か無所属、または追放した元仲間ってところだろう。ともかく、どろどろした女の世界が透けて見えるようだ」

鰐川は小刻みに頷《うなず》き、スマートフォンで辺《あた》りを撮影したかと思えば、斜めがけした鞄から大学ノートを出して素早く何事かを書き取った。

身長が百八十ある岩楯の目線よりも高く、折れそうなほど線が細い男だ。法医昆虫学者の赤堀涼子《あかほりりようこ》に言わせれば、昆虫のナナフシとやらにそっくりなのだという。三十一にして気の毒なほど髪が薄いが、出会った当初のようにむりやりかき集めてごまかすことはやめたようだった。どこか吹っ切れたように見えるいちばんの理由はこれなのだろう。岩楯は、左手の薬指に輝く真新しいプラチナの指輪に目を据えた。相棒は、結婚という人生の転機を迎えている。

歩きながら器用にペンを走らせる鰐川は、細いわりに体幹がしっかりとしていてブレがない。岩楯は、落ち着き払っている相棒に問うた。

「で、その帳面は何冊目なんだ。事件発生からすでにひと月が経《た》ってるんだし、百冊ぐらいはいってんのか？」

「まさか。三百二十五冊目です」

鰐川は、百冊のわけがないだろうと言わんばかりに即答した。

密かにプロファイラーを志している相棒は、見聞きしたものをすべて文字に書き起こすことがある種の特技だった。警官ならあたりまえの調書とは違い、天気や気温や湿度、対象者の目の動きから声のトーン、着ている服の色柄素材までも事細かに記録する。あるときなど、瞳孔《どうこう》の開き具合を時系列で図にしたものが添えられているのを見て、岩楯はもう何も言うまいと思ったものだ。さまざまな状況を分析して答えを出そうと考えるのが鰐川の強みであり、勘と感情に走りがちな岩楯を客観視させてくれる人間でもある。

「しかし、おまえさんも異動が多いな。今は西荻《にしおぎ》署にいるんだから」

鰐川は顔を上げ、どこか満足げに頷いた。

「いろんな経験をさせてもらって、自分はある意味、幸運だと思っています。巡り巡ってまた岩楯主任と組むことができたことを考えると、前世で主任と僕は近しい間柄だったのかもしれません」

「急になんなんだよ」

「霊感商法詐欺の案件を探っているうちに、因縁というものが確かにあるような気がしたんですよ。今かかわりのある人間は、前世でも顔見知りだったという説です」

岩楯は、生真面目《きまじめ》に語る鰐川を危機感をもって見まわした。わけのわからない精神世界を受け入れているような顔をしている。

「おまわりが霊感商法なんかに引っかかんな。前世なんかだれも検証できないんだから、いくらでも好き勝手なことが言えるだろ」

「それはそうなんですが、こういう実体のないよりどころが人の心を摑《つか》むのは事実です。ほとんどの宗教は、地獄と天国の概念があってなぜか内容までもが似通っている。国も成り立ちもまったく違うのに、不思議だと思いませんか」

「思わんよ」

岩楯はため息混じりに断言した。

「その手のもんは、だれもが思いつくから似通ってくるんだろ。最悪の痛みとか苦しみは生活の延長線上にあるぶん、地獄にはやたらとリアリティがある。逆に天国の解釈は、どんな宗教でも曖昧《あいまい》だろ？」

「天使とか天女が光り輝くイメージですかね」

「そう。眩《まぶ》しい光に包まれて、花咲き乱れてうまい酒があって美女がいる。幸福ってものを人に想像させると、せいぜいその程度しか思い浮かばないってことだ。だから万国共通、地獄だけはやたらとバリエーションが豊富なんだな」

鰐川ははたと立ち止まって再び帳面を取り出し、まるで草書でも綴《つづ》るようにペンを滑《すべ》らせている。そして顔を上げ、はにかんだような笑みを浮かべた。

「主任のそういうシニカルなものの捉え方、嫌いではないです」

「おまえさんも四十になってみれば、皮肉ばっかり言いたくなる気持ちがわかるようになる」

岩楯は止まらない汗をたびたびぬぐい、思った以上に人通りのある住宅街に歩を進めた。そして1ブロックほど進んだところで立ち止まり、通りの先に目を凝《こ》らした。同時に鰐川が如才なく説明をはじめる。

「現場の立ち入り禁止テープは、鑑識の検証が済んでいるので先週外されています。畳《たたみ》などの押収物も検査が終わってほとんどが戻されていますね。現在、家のなかは事件発生当初に近い状態で保存されているはずです」

岩楯は無言のまま頷いた。道の角地では、古びた平屋が陰気臭さを放っている。黄色いテープや目隠し用のブルーシートがなくとも、この家で何かが起きたことはだれの目から見ても明らかだった。なにせ、ブロック塀の上にずらりと並べられたプランターの花々が、無残に枯れてドライフラワーと化している。それに反して敷地内の雑草は伸び放題だ。現場検証時に捜査員が移動させたのか、色褪《いろあ》せた犬の置物が塀の下にいくつも転がっていた。主を失った家は荒れ果て、焼けつくような炎天下でも薄ら寒い影を落としている。

「ここの住人も同じグループだったろうに、花に水をやろうって人間は仲間内にひとりもいなかったわけか」

岩楯は再び足を進め、耳や脚が欠けた犬の置物を見下ろした。

事件発生の通報を受けて捜査本部が起《た》ち上げられたのは、今からちょうどひと月前の六月三日。しかし、殺人なのか傷害なのか強盗なのか、それすら未だにわからないありさまだった。なにせ死体が見つかっていない。座敷にはおびただしいほどの血痕が飛び散り、派手に争ったような形跡があるにもかかわらずだ。畳の上には、左手の小指が三つほど転がっていた。この家を訪れていたらしい客のものと、家主である遠《とお》山《やま》夫妻のものだった。

岩楯は辺りに目を走らせてから、正面の石門をくぐって敷地内に入った。狭い庭一面に白い玉砂利が敷き詰められ、まるで新雪が積もったかのように光り輝いて見える。強烈な照り返しの眩しさに、刑事二人は目を細めた。

縁側には陽に灼《ひや》けて白っぽくなった葦簀《よしず》がかけられ、錆《さ》びて劣化した雨樋《あまどい》のあちこちに穴が開いている。それを急場しのぎで適当に修繕した跡が見受けられ、なんとも物悲しい気持ちになった。住まいはこぢんまりとした平屋の典型的な日本家屋だが、隣近所にあるどの家よりも侘《わび》しく古びている。おそらく、親から継いだ家を改築もせずにそのまま使っていたのだろう。羽目板張りの外壁は黒ずみ、軽く八十年以上は経っていそうな風情《ふぜい》があった。しかし、夫婦はそういう侘《わ》び寂《さ》びを愛《め》でるタイプではなかったのは明らかだ。雑草が飛び出した庭はがらんとして、植木の一本すらもないただの空き地になっている。

「ようやく現場に来られましたね」

さまざまな角度から屋敷の撮影に勤《いそ》しみ、鰐川は口を開いた。

「うちの班は、遠山正和《まさかず》の交友関係を洗うのが中心でしたから」

「ああ。元職場、友人知人、小学校の同級生まで当たったのに収穫はほぼゼロ。ひと月も走りまわったのに信じられんな」

「妻の亜佐子《あさこ》のほうも同じような状況らしいです。付き合いは趣味の習い事関連だけで、何らかの問題を抱えていた形跡もない」

鰐川は喋《しゃべ》りながら玄関の鍵を開けた。格子《こうし》にガラスの入った古めかしい引き戸は、人が触る引き手部分だけすり減って垢光《あかびか》りしている。相棒は力まかせに戸を滑らせたが、驚くほどやかましい音がして刑事二人は思い切り顔をしかめた。同時に裏の家の番犬が激しく吠《ほ》えはじめる。

「ものすごい音ですね、失礼しました。戸のレールがかなり劣化しているようです」

「玄関を開け閉めするたびに、裏の犬があんなに騒ぎ出すんだぞ。住人はよくこれを黙殺できたもんだ」

「住居に関しては、かなり無頓着《むとんちゃく》だったのかもしれません。全体的に雑な修繕しかされていませんし、業者を入れることもなかったようですね。金銭的な余裕はあるのに、ちょっと不思議な価値観です」

家の印象と玄関戸の難を書きつけている鰐川を横目に、岩楯は家の中へ足を踏み入れた。昭和《しょうわ》ならではの繊維壁とカビ、それに古い木材の臭いが空気に溶け込んでいる。柱やあちこちの壁に残されている黒っぽいシミは、鑑識が指紋を採取した痕《あと》だった。屋内は徹底的に検分され、微物の類《たぐい》はこの家からほぼ引き揚げられていると言っていい。

靴を脱いで家に上がり、岩楯は襖《ふすま》を開けて手前の座敷へ一直線に入っていった。八畳ほどの和室には、木目調のテーブルがぽつんとひとつ置かれて、あとは古びた箪笥《たんす》があるだけだ。畳や襖などの押収物は検分が終わって戻されているものの、目一杯血を吸い込んだと思われる座布団はない。

戸口から座敷を見まわしていると、鰐川の低い声がした。

「これは写真で見るよりひどいですね……」

ちらりと横に目をやると、相棒がメガネを押し上げて顔を強張《こわば》らせていた。確かに実物は写真の比ではない。惨劇の残滓《ざんし》がそこかしこにこびりつき、時を経るほど生々しさが際立ってきているようだった。

岩楯はあらためて部屋の隅から視線を這《は》わせた。壁と襖にはおびただしいほどの血痕が残され、ところどころ完全な手形になっている。縁側とを仕切る障子にも血が飛び散り、ひどく破れて木枠も所々折れていた。三人が何者かに繰り返し刺され、外へ逃げ出そうとしたときに破損したと思われる。畳に染み込んだ血液はひときわどす黒く変色しており、出血の多さを物語っていた。

「鑑識が出血量にあたりをつけてたよな？」

岩楯が血痕を見つめながら問うと、鰐川は鞄から黒いファイルを出して開いた。

「夫、正和の出血が約一〇〇〇ミリリットル。妻、亜佐子と客が五〇〇ミリリットル強という推定ですね。実際はもう少し多いんじゃないでしょうか」

「重体には違いないが、すぐ失血死するほどじゃない」

「はい。部屋の血痕を見ても、動脈を切断したときに見られる飛沫《ひまつ》血痕はありません。凶器を振り上げたときの痕跡はあちこちにありますが」

鰐川は喋りながら天井を指差した。感嘆符のような形状をした血痕がいくつも天井板を走っている。岩楯はその真下にある畳に目を落とした。垂直に落ちた円形の滴下《てきか》血痕が散らばっているのは、ここで凶器を手にした人間が立ち止まったからだろう。畳をじっと見つめている上司に向け、鰐川が先を続けた。

「血痕の外観検査で、被害者のだいたいの位置関係がわかっています。テーブルの手前、下座には遠山夫妻。向かい側には身元不明の男性です。この男性が嘔吐《おうと》した痕が残されていました。刺されたショック、または激しい痛みからの反射だろうとのことです」

岩楯は鰐川の説明を耳に入れながら、からからに乾燥してひび割れた血だまりを避《よ》けて座敷に足を踏み入れた。閉め切られた家はさぞかし蒸《む》し風呂のようだろうと覚悟していたのだが、この古い家にはどこかひんやりとした空気が漂っている。それにしても、凶行のあった現場は見慣れているとはいえ、ここまでひどいものはそう滅多にない。岩楯は無意識に眉根《まゆね》を寄せていた。侵入者が三人を次々と襲い、被害者たちは大量に血を流しながら逃げ惑っている。襖や壁につけられた手形や足跡から必死さが伝わるために、直視が難しいほどの嫌悪感があった。

「よし。ひとまず事件をおさらいしておくか」

「了解です」

大きく頷いた鰐川は、付箋《ふせん》だらけのファイルをめくって咳払《せきばら》いをした。

「警察への入電は、六月三日の午後五時十分。隣の主婦が回覧板を持って遠山宅を訪れたときに、座敷を覗き込んで血だらけの惨状を発見しました」

鰐川は再び咳払いをした。

「被害者はこの家の主で遠山正和六十九歳と、その妻亜佐子、六十五歳。これはDNA鑑定で確定しています。居合わせたもうひとりの成人男性は身元不明。年齢は二十から四十の間。指紋、DNAともに登録はありません」

「六十代の夫婦の家に、若い男が客として来ていたわけか。確か、近所付き合いはそれほどないわりに、客が多い家だって証言が取れてたな」

「はい、隣人からの情報です。ちなみに夫婦には子どもがなく、客と血縁関係はありません。今のところ被害者男性らしき捜索願《ねがい》も出されていないので、訪問者は完全なる身元不明です」

「玄関にあった客の靴からも絞り込めなかったと」

「そうですね。中国製の履《は》き古したデッキシューズで、日本じゅうのスーパーとか量販店に出まわっているものです」

鰐川はメガネを中指で上げ、遠山夫妻の写真を岩楯に差し出した。更新されたばかりの運転免許証の夫は、何度見ても細面《ほそおもて》で目鼻立ちのはっきりしたなかなかの美男子だ。白髪《しらが》頭ではあるけれども目力《めぢから》があって若々しく、とても七十間近には見えない。一方で妻のほうは、所帯やつれした地味な風貌《ふうぼう》だった。岩楯は、習い事の仲間と一緒に収まっているスナップ写真に目を落とした。周りの女たちが着飾っているせいか、亜佐子の部分だけがモノクロかと思うほど色みが乏しく見える。白いものが目立つ髪を無造作に束ね、茶色ともねずみ色ともつかないワンピースをまとっていた。こけしを思わせるシンプルな造作をしており、印象に残りづらい幸の薄さがある。

夫婦の顔を見くらべていると、鰐川が書類をめくって報告を再開した。

「夫の正和は、三十年勤め上げた旅行会社を六十で定年退職してその後は無職。妻は専業主婦で就労経験はありません。四年前から草木《くさき》染《ぞ》め教室に熱心に通っています。

場所はこの近所のようですね。同じ町内です」

「夫が勤めてた会社は一昨年に倒産して、聞き取りができた人間は数人だけ。これから近所をまわるが、暮らしぶりが今ひとつわからん夫婦だな」

「そうですね。でも、車も携帯電話も持たないで倹《つま》しく暮らしていたようですし、トラブルに巻き込まれるような感じには見えません。借金もなし。貯金は二千七百万ほどで、退職してからほとんど手つかずです」

株も投資もしておらず、生活費のほとんどは年金で賄《まかな》っていたようだ。貯金の額からしてそこそこ豊かな老後と言えるだろうが、ざっと見ても贅沢の片鱗はなく、金の貸し借りや商売に通じるものもない。生命保険にいたっては掛け捨ての安いプランに入っていたのみで、受取人は互いに伴侶だ。金銭絡みでの事件の可能性は低かった。

鰐川は続けて報告書を読み上げた。

「部屋に残されていた三つの指についてです。第二関節で切断された左手の小指の二つは、夫婦のものと断定。身元不明男性の指も含めて、すべてに生活反応が出ています」

「こっからがさらにわからんな。生きながらにして指を切り落とした理由はなんなのか」

「まず暴力団関連が思い浮かびますが、夫婦の交友関係には一切登場しませんでしたね」

鰐川は帳面をめくって確認した。

「ひと月かけて洗って何も出ないんだ。そこは外してもいいだろうが、客が極道《ごくどう》筋だった可能性もなくはない。でもまあ、関係はないだろうな。今時ヤクザだって指詰めなんかは時代遅れだし、おとしまえをつけられるような背景が夫婦にはない。切り落とされた推定月日は？」

「解剖医によれば五月二十日前後だそうです。二十日の昼ごろに、近所の主婦が買い物に出る夫婦を見かけているのが最後の目撃情報ですね」

「その日から数日中に事件は起きたと」

「はい。ただ、指の腐敗が進んで虫に喰われていたので、解剖医は参考程度ということでした。でも赤堀先生は、指が切断されたのは、六月一日の午後三時から四時の一時間と断言しています」

鰐川は顔を上げてにやりと口角を上げた。どうだと言わんばかりの顔を見て、岩楯も思わず笑いが漏《も》れた。赤堀と何度か行動をともにしたことのある相棒は、法医昆虫学の緻密《ちみつ》さを思い知っている。彼女にあらん限りの信頼を寄せていた。

「捜査会議では、赤堀が出した推定こそ参考程度の扱いだったけどな」

「今のうちだけですよ。この日時は間違いなく的中しているはずですから」

相棒は細い目をいっそう細めて不敵な笑みを浮かべ、ファイルに目を落とした。

「現場検証の結果、廊下と勝手口のノブと三和土《たたき》からも三人の血痕が検出されていて、そのまま外へ引きずったような痕跡も残されていました。血のついた第三者の足《そく》紋《もん》と複数の毛髪も見つかっています」

「確か警察犬が出たはずだよな」

「はい。でも、六月二日の午後に激しいゲリラ豪雨があったせいで、犬が追えない状況でした。近所をうろうろして、また現場へ戻ってきてしまうことを繰り返していましたよ」

そう言いながら、鰐川は素早くファイルを繰った。

「現場に残されていた、二十四センチのスニーカー痕がホシのものと思われます。これは日本じゅうの量販店で売られているありふれたものです。もろもろのブツから推測できる動線は、出血多量で瀕死《ひんし》、または死亡した三人を、何者かが勝手口から車まで運んだ……というものですね」

「なんのために運ぶ」

岩楯は間髪《かんはつ》を容《い》れずに問うた。

「普通に考えれば、遺棄するためでしょう。でも、いろいろとおかしいとは思います」

「ああ」と岩楯は相槌《あいづち》を打った。「死体遺棄ってのは殺人の証拠を消すためにやるもんだ。部屋じゅう派手に血だらけにして指まで切り落としてんのに、苦労して三人ぶんの死体を運び出す意味がない。目撃されるリスクも上がるしな」

「今のところ、本部は強殺《ごうさつ》の線が濃厚と見ていますが」

岩楯は、長めの前髪をかき上げながら首を横に振った。

「赤堀の虫予測を信じるなら、ガイ者が指を切り落とされたのは三時から四時の真昼間。本当にこの時間に押し入ったとしても、家にいた三人と鉢合わせしたらたいがいの盗人《ぬすっと》は逃げ出すだろう。反撃されるに決まってるからな。なのにひとりで向かっていった」

「そうなんですよ。もしかして、ホシは遠山夫妻と顔見知りだったんじゃないでしょうか。もともと三人ではなく、四人でテーブルを囲んでいたとしたら。殺すつもりでチャンスを狙っていたとしたら」

「そのあたりがいちばん無理はない。だが、死体を運び出す理由にはならんな」

岩楯は、足許《あしもと》の畳にこびりついた血痕に目を落とした。めいっぱい血を吸い込んだ座布団が置かれていた場所だ。方々に跳ね飛ばされていたのは三人ぶんの茶器一式とケーキや菓子で、上座にいた身元不明の男をもてなしていたのが目に見えるようだった。鰐川の言うようにもうひとりいた可能性もあるけれども、茶碗や出されていた皿はすべて三人ぶんだ。犯人がそのあたりを偽装した形跡がない。

剃《そ》り残したあごひげを触り、岩楯は頭を巡らせながら声を出した。

「凶器はケーキを切り分けていたナイフだったよな」

「そうですね。刃渡り十五センチのくだものナイフです。これは現場にそのまま残されていました。おそらく、遠山宅のものでしょう。指を切断したのもこのナイフです」

「じゃあ、まとめるとこういうことだな。居直り強盗がお盆の上にあったナイフをひったくって、三人を追いまわしながら次々に刺していった。で、なぜだかみんなの小指を切り落とし、血まみれの三人を引きずって裏に駐《と》めておいた車まで運んだ。どうだ、俺らもこの線でいってみるか？」

「いえ、無理ですね」

鰐川は、メガネを押し上げながらため息をついた。

「そもそも盗みにしろ殺しにしろ、車を現場の裏に駐めるなんて聞いたことがありません。この辺《あた》りには防犯カメラこそありませんが、見慣れない車種やナンバーなら町の住人が記憶するでしょうし」

「そうだ。それにもし勝手口から死体を引きずったら、裏の犬が間違いなく吠えまくる。玄関を開けただけで、あんなに大騒ぎするやつなんだしな」

「ああ、それもそうですね。現場を見なければわからなかったことですよ」

鰐川は素早く帳面に書き加えた。

「だが現に、勝手口から道路までうっすらと三人の血痕が残っていた。距離にして五メートル足らずだが、引きずったような痕も確かにあった」

どうしてもこのあたりの整合性が取れないために、事態がややこしくなっている。岩楯はしばらく考えあぐねていたが、なんの答えも浮かばず途中で思考を手放した。

「よし。とりあえず家の中をひと通り見てから近所をまわる。不審者を見たって情報は山ほど寄せられてるが、ピンとくるもんがひとつもない。目つきが悪いオタクふうの男だの、太り過ぎの中年女だの」

「頭のなかにある悪人像を、見聞きした人物に無意識に当て込んでしまうんでしょうね。思考の癖、いわゆる認知バイアスです」

鰐川はファイルを閉じて鞄にしまい、二人は血痕をまたぎながら襖で仕切られた隣の居間へ行った。仏壇や茶箪笥、テレビや卓袱台《ちゃぶだい》などが置かれて生活感にあふれている。血まみれの座敷と居間、それに寝室と納戸《なんど》しかない手狭な間取りだ。居間の隣にある寝室らしき六畳の部屋には、滴《したた》った血痕が畳に点々とついていた。押し入れが全開になり、毛布や布団が雪崩《なだれ》のように崩れ落ちている。

岩楯は現場写真を出して目を落とした。発見当初は血のりのついたシーツが無造作に引きずり出され、六畳の部屋じゅうに散乱していた。プラスチックの衣装ケースも開けられており、防虫剤やビニール袋などの生活雑貨も引っ張り出されている。三人を刺した足で、犯人はこの部屋をあさっていったと思われた。

鰐川はファイルを開いて検証結果を読み上げた。

「この部屋から指紋は検出されませんでしたが、三人分の血液が出ています。畳と押し入れの引き手、それに布団類ですね」

「状況から見て、返り血を浴びたホシが、死体をくるむために毛布を引っ張り出したんだろう」

「そうですね。冬用の厚手の掛け布団と敷布団しか残っていなかったので、かなり厳重にくるんだものと思われます」

返り血で真っ赤に染まった人間が、手荒に布団を引き出している姿が目に浮かぶようだ。岩楯は荒れている押し入れの中を覗き込んだが、とにかく質素で必要最低限のものしか持たない主義なのは疑いようがなかった。どこを見ても装飾がなく、日常生活に不必要なものがひとつもない。唯一の贅沢品《ぜいたく》とも言えるのが、妻が習っていたという草木染め関連の本や材料だろうか。四畳半の納戸は、ほぼそれらで埋め尽くされていた。この空間だけは情熱が感じられる。

鰐川は言葉を続けた。

「洗面所から血液反応が出ています。ホシが手や顔についた血を洗ったんでしょう」

「なかなか手際がいい。しかし、町内会の連絡網が壁に貼られてるだけで、個人的なアドレス帳も手帳もない家は初めてだよ。被害者の年代なら年賀状を大量にやり取りするはずだがそれもない。客が多かったはずなのに異様だな。妻も同じだが、旦那周辺もまるっきり見えてこない」

「旦那の方は趣味や勉強に没頭していたようでもありませんし、ちょっと謎が多い夫婦ですね」

岩楯は頷きながら玄関に向かい、格子戸のやかましさをすっかり忘れて一気に開け放った。喩《たと》えようもない軋《きし》みが鼓膜《こまく》を突き刺し、あまりの不意打ちに心臓が縮み上がる。容赦なく裏の犬にも吠えられるというおまけつきだ。毒づきながら都道へ続く裏の小径《こみち》を注意深く探ったけれども、新たな発見は何ひとつなかった。

2

遠山家の隣人は、八十過ぎと思われるひとり暮らしの老婆《ろうば》だった。しぼんだように小さくて腰がひどく曲がっているものの、すっと通った鼻筋には美しさの名残りがある。しかし、品のある物静かな老婆だと思ったのもつかの間、とてつもない話し好きで岩楯は半ば辟易《へきえき》していた。質問するよりも先に口を開き、右目に当てられている眼帯の説明をしはじめる。なんでも、最近白内障の手術を受けたらしい。上がり框《かまち》に膝《ひざ》をつき、いささか前のめりになりながら術後の経過を捲《まく》し立てていた。加えてこの家は、暖房でも点《つ》けているのかというほど蒸し暑い。

「近所の人はだいたい六十代で手術してたけど、わたしはまったくの異常なしでねえ。長いこと病気とは無縁だったの。でも、この歳になってとうとう目がやられてね。すぐ手術しないと、目玉が溶けるって医者に言われたから驚いちゃって」

「それはたいへんだ。ところで、今日お伺いしたのは……」

岩楯は隙《すき》を見て素早く話を戻そうとしたが、彼女は息つく暇《ひま》もなく喋り続けて話の腰を折ることを許さない。この老婆が事件の第一発見者なのだが、凄惨《せいさん》な現場を目《ま》の当たりにしたことより白内障手術のほうが大事なようだった。数週間後には左目も手術すると興奮気味に語り、血液年齢はまだ五十代だったと胸を張る。どうでもいい長話を鰐川が熱心に記録しているものだから、それに気をよくした老婆は長生きの秘訣まで伝授しはじめた。

岩楯は腕時計に目を落として時間がないことを盛大にアピールし、ほとんど強引に話を押し戻した。

「ええと、目のほうはお大事にしてください。それでですね、何度も捜査員がお邪魔しているとは思いますが、六月三日のことをお聞きしたいんですよ。お隣の遠山さんの家へ行かれたときのことです」

この暑いのにストールを巻いている老婆はたちまち口をつぐみ、岩楯の顔をじろじろと見まわした。大きなため息までついている。

「それだったら、警察署に呼ばれて見たことを全部話しました。そのあとも代わる代わるおまわりさんが訪ねてきて、同じ話を何回もしたし」

「そうですね。申し訳ありませんが、あらためてお伺いしたいんですよ」

努めてにこやかに、しかし有無を言わせない調子で告げた。老婆は岩楯と鰐川を交互に見くらべ、眼帯を気にしながらふうっと細く息を吐き出した。しぶしぶと、本当に仕方がないと言わんばかりに話し出す。

「あの日、遠山さんのところへ回覧板を置きに行ったの。お夕飯の前ね」

「夕方の五時ごろですね」

「そうだったかしら」

「ほかの捜査員には、五時ごろだと話していますが」

「そう。じゃあ、そうなんじゃない」

老婆は面倒くさそうに答え、ひと息ついてから話を再開した。

「玄関を開けて『回覧板です』って声をかけたんだけど、なんの返事もなかったの。鍵も開いていたのに、留守みたいにしんとしてね。どこかいつもと様子が違うから気になったのを覚えてる。虫の知らせみたいなものだと思うの」

老婆は眉間《みけん》に深いシワを刻んで神妙な面持《おもも》ちをした。

「玄関先に回覧板を置いて帰ろうと思ったんだけど、あの日は座敷の襖を少しだけ開けたの。なんとなく、奥さんにひと声かけようかなと思って。でもそのときに、畳に湯呑《ゆの》みが転がってるのが見えた。なんだろうって思ってよく見たら……」

筋張っている首筋をごくりと上下させ、老婆は無意識に左目をしばたたいた。

「すごくいやな臭いがしていたし、座敷が焦《こ》げついてるように見えたわ。壁も畳も真っ黒になってたから、腰を抜かしそうになって『火事だ！』って叫んでね。そのまま家に引っ返して消防署に電話したのよ。もう、慌ててたし震えてたから何回も番号を押し間違えたの」

そう、初めに通報を受けたのは消防だった。ボヤ騒ぎで駆けつけた消防隊員が、どす黒く乾燥した血まみれの部屋を発見している。

質問を続けようとしたとき、ずっとのらりくらりとしていた老婆の顔がたちどころに蒼褪《あおざ》めていくのを見て、岩楯は思わず一歩踏み出した。たるんだ口許を震わせて汗までにじませている。

「大丈夫ですか？」

まさか熱中症か。岩楯が声をかけても反応を見せず、急に節の目立つ手をこすり合わせたかと思えば、早口で念仏らしきものをつぶやいている。二人の刑事は顔を見合わせた。老婆の真剣で苦しげな面持ちは、無駄話に興じていた今さっきとは別物だった。被害者を悼《いた》む祈りというより、むしろ自身を護るための唱名《しょうみょう》にしか聞こえない。あの日見たものを心の底から恐れ、何度も蒸し返されることが耐え難い苦痛になっているのだと岩楯は初めて気がついた。

「水か何かをもってきましょうか」

我を忘れているような老婆と、岩楯はむりやり目を合わせた。すると左目に涙をにじませ、彼女は今にも消え入りそうな声を出した。張り詰めていた糸が切れてしまっている。

「……わ、わたし、すごく怖いの。仏罰《ぶつばち》かもしれない」

「仏罰？　遠山さんは、バチが当たるようなことをしていたということですか」

老婆はぶるっと体を震わせ、白い髪を振り乱した。

「それはわからないわ。でも、旦那さんも奥さんも煙みたいに消えたんでしょう？　別のおまわりさんから聞いたの。体だけが忽然《こつぜん》と消えたんだって。そ、そんなのは神懸かりだと思う」

呼吸を整えるように大きく息を吸い、老婆はカラシ色のスカートをぎゅっと握った。

「座敷じゅうについてたあの黒いのは、と、遠山さんたちの血なんでしょう？」

「ええ、そうです」

「あ、あんなにいっぱい血が出たら、生きてられないんじゃないの？」

老婆は絞り出すような声で答えを求めてきたが、岩楯はその質問をやり過ごして話を変えた。思っていた以上に怯《おび》えが強く、事件現場の話は避けたほうがよさそうだ。

「もうひと月も前の話になってしまいますが、何か不審なものを見たり聞いたりしませんでしたか。ちょっとした違和感でもかまいません」

老婆は下駄箱の上に置かれたガラスの一輪挿《ざ》しをじっと見つめ、必死に記憶を手繰り寄せているようだった。しかしほどなくして、ひどく苦しげに何度もかぶりを振った。

「わからない。ずっと考えてるんだけど、変わったことなんてなかったと思う。先月も家の前で立ち話をしたのよ。雑誌の手作りコンテストで、奥さんの作った染め物が入選したんだって。にこにこして本当に嬉しそうだったのにねえ……。あんな顔の奥さん、初めて見たのよ」

彼女は唇《くちびる》を引き結んで細い肩を落とした。

この辺りの町の住人は、ほとんどが顔見知りだと思われる。しかし、日常的によそ者を観察する類の閉鎖的な環境ではなかった。善福寺川沿いの通りは大型スーパーと公園があるために、そこそこ人通りのある生活道路にもなっているからだ。知らない者が行き来していたとしても、見慣れたいつもの風景でしかないだろう。よほどの不審者でもない限り、記憶に残らないのも無理はない。

岩楯はこめかみを流れる汗をぬぐい、鰐川がメモをとり終わったのを見てから話を進めた。

「遠山さんご夫婦ですが、率直にどんな方々ですか。お隣なわけだし、かなり長い付き合いですよね」

「そうね。先代から知ってるもの。とにかく倹約家。奥さんも旦那さんも、贅沢はあんまり好きじゃなかったみたい。几帳面《きちょうめん》で家のなかはいつでもピカピカで、物持ちがよくてねえ。わたしなんて無駄遣いばっかりだから、いつも見習いたいと思ってたもの」

老婆は少しだけ表情をもち直した。

「でしゃばったり陰口を言ったりしないし、奥さんは若いのに物静かでひかえめな人なのよ。ちょっとおとなしすぎるけどね」

「そうですか。ちなみに、この通りだけでもオレンジ色の花と犬の置物を出している家が何軒もありますよね。かなり目立っていますが、おたくは置かないんですか」

そう言うなり、老婆はわずかに見せていた笑みを曇らせた。

「あれは、仲間内の印みたいなものね。染め物教室の人たちがやってるの」

「なるほど。お隣もそうですよね。なんだか、仲がよくて楽しそうだな」

岩楯が心にもないことを言って水を向けると、老婆はことさら口をへの字に曲げていきり立った。

「仲がいいなんてとんでもない。こう言ってはなんだけど、わたしはすごく下品だと思うわ。あんなどぎつい色の安っぽい花、トイレに置く造花のほうがまだましだもの」

刑事二人は同時に笑いを噛《か》み殺した。

「あの犬の置き物もすごく気味が悪い。寸詰まりで顔が歪んでて色褪せて、どう見てもあれがかわいいって思えないのよ。若い人には、あれが素敵に見えるのかしら」

「実は、自分もちょっと唐突な印象を受けたんですよ」

岩楯が同意するのを見て、老婆の左目がきらりと光った。だれにも言えずに、ずっと溜《た》め込んでいたのだろう。最初の勢いを取り戻し、彼女は活き活きとしはじめた。

「花も置き物もいやだけど、もっといやなのは性根が悪いってこと。常にだれかを仲間外れにしてるみたいだから」

「それは染め物教室の方々ですか」

老婆はこっくりと頷いた。が、ふと我に返ったようで、もじもじと身じろぎをした。

「ごめんなさい。わたしこそ人の悪口を言ってるわね」

「悪口というより事実ですよね。遠山さんもその性悪グループにいたということは、似たような性格だったんですか。おとなしくてひかえめだとおっしゃっていましたが」

「ううん。全員がそうってわけじゃない。元凶は貝塚《かいづか》さん。ホントにもう、あの人がいるところでは必ずいざこざが起きるのよ。しかも一部の人間が同調して問題をややこしくするから、いつも揉《も》めてるみたいだもの」

「それも染め物教室の中で？」

「違うの」

老婆はゆっくりと首を横に振った。

「貝塚さんは、いろんな人に通じてる。聞いた話では、国会議員とも親しくしてるんだって。町内の理事会で威張っちゃって、何様なのかわからないのよ。それを周りが甘やかすもんだから、もうお姫さまかと思うほどでね」

「ちょっとわからないんですけど、貝塚さんという女性はなぜそれほど優遇されているんです？」

「会えばわかるわよ」

老婆は、いかにもおもしろくなさそうに言った。よくよくこの貝塚という人物が嫌いらしい。額に汗をにじませている鰐川は、帳面を素早くめくって貝塚という名前を確認した。そして岩楯に「草木染め教室の講師です」と耳打ちする。その間も老婆は方々で起きた諍《いさか》いを指折数えながら並べ立て、眉間に深々とシワを寄せていた。この話は初めて聞くものであり、町のだれからも貝塚氏の批判めいた話は挙がっていない。老婆の個人的な好みだろうか。

岩楯は暑さにあえぎながら彼女の話に辛抱強く耳を傾け、頃合いを見計らってから質問を再開した。

「ええと、その貝塚さんという方はどの辺りにお住まいなんですかね」

「どの辺りも何も、うちのすぐ裏手よ。遠山さんとこの真裏」

「ああ、あのやかましい犬がいる家ですか」

「そうなのよ！」

岩楯の言葉に同調した老婆は、勢い込んで捲し立てた。

「まったく、躾《しつけ》がなってないったらないの。意味もなく吠えてることがほとんどだわ。もううるさくてたまらない」

そう言って急に口を閉じ、老婆は何か考えるように首を傾《かし》げて動きを止めた。

「どうしました？」

「あのね、へんなことを思い出したの。町じゅうの犬が大合唱した日があったのよ。これも貝塚さんとこの犬が発端《ほったん》でね。やっぱり近所迷惑も甚《はなは》だしいわ」

「裏の犬が発端？　どういうことでしょう」

老婆は訳知り顔で説明した。

「遠吠えよ。夜中に裏の犬が急に遠吠えを始めて、それが町じゅうに伝染していったのね。ホント、しまいには近所の犬たちの大合唱。まったく、それっきり眠れなくなったわよ。六月一日だった。月初めからうるさいって苛々《いらいら》したから覚えてる」

「六月一日？」

岩楯と鰐川は同時に反応した。赤堀が割り出した事件発生日ではないか。岩楯は間を置かずに老婆に問うた。

「その時間はわかりますか？」

「そうねえ。時計は見なかったけど、夜中の十二時は過ぎてたと思う。それにこないだ、警察の方が大勢でやってきた昼間も遠吠えしてたのよ。サイレンも鳴ってないのに、なんだかずっと騒いでた。ここ最近はしょっちゅうね。きっと、犬もストレスたまってるのかもしれないわ」

岩楯は鰐川に目をやった。警官が現場検証している昼間はともかく、みなが寝静まった夜中の遠吠えにはどんな意味がある？　老婆が言うようにサイレンなどで吠えている犬をよく見かけるが、それと同じことだろうか。あるいは遠山宅で三人を刺した犯人が、夜を待ってから運び出したとも考えられる。そのときの音や気配に、裏手の犬が反応したとか……。

「ほかに気づいたことは？　遠吠えと一緒に車の音がしたとか、何かの物音がしたとか」

老婆は頬に手を当ててじっと動きを止めていたが、遠吠えのほかはわからないと首を横に振った。単なる偶然かもしれないものの、どことなく引っかかる。岩楯は頭の隅に書き留め、口滑らかになってきた老婆の気が変わらないうちに話を押し進めた。

「遠山さんの奥さんとは親しかったようですが、旦那さんのほうはどうでしょう。会社を退職してから、ずっと家にいたようですね」

その質問と同時に彼女の目が泳いだのがわかった。横を見やると、鰐川も抜け目なくその旨《むね》を帳面にしたためている。老婆は膝をついたままもじもじと指先を動かしていたが、岩楯は発言を急《せ》かさずに辛抱強く待った。やがて気持ちの揺れに折り合いをつけたらしい彼女は、今までよりも勇ましく見える顔で岩楯と目を合わせた。

「あのね。ほかのおまわりさんには言えなかったことがあるの。遠山さんの奥さんとだれにも言わないって約束したことだし、わたしを信じて相談してくれたことだから。でも、もしかして今起きてることに関係があったらたいへんだし……」

若干うつむき加減になった老婆は、まるで遠山夫人に許しを乞《こ》うように何事かをつぶやいてから大きく息を吸い込んだ。

「奥さんは旦那さんの暴力に悩んでいたわ」

初めて聞く話に、刑事二人はいささか身を乗り出した。

「お酒を呑むと人が変わったようになって、奥さんに手を上げることが続いてたみたい。少し古い話なんだけど」

「遠山さんからその相談を受けたのはいつですか？」

「そうねえ」

老婆は手を揉み合わせながら答えた。

「もう十五年ぐらい前になるかもしれない。うちの主人もまだ生きてたときのことなの。遠山の旦那さんは結婚した当時から酒癖が悪かったみたいで、奥さんはずっとひとりで我慢してたのね。ハンサムだし明るくて気さくだから、聞いたときはちょっと信じられなかった。でも、わたしは奥さんの体についた痣《あざ》を見たのよ。ひどかったわ」

「暴力の具体的な理由は話していませんでしたか」

「それは言わなかった。でも、お隣の奥さんはいつも何かを我慢しているっていうか、寂しそうな感じがしてたの。パートで働きたいって言ったけど、旦那さんが許してくれなかったんですって。優しげだけど、家ではかなりの亭主関白だったのかもしれない。お財布も彼が握ってたみたいで、奥さんが買い物をするときはいちいちお伺いを立てていたからね」

老婆は首を横に振りながらため息をついた。これが事実だとして、今回のことに何かかかわりはあるだろうか。酒癖の悪さはそう簡単に直るものではなく、妻の亜佐子は現在も夫の暴力に晒《さら》されていた可能性があった。岩楯は、高速でメモをとる相棒を見ながら頭を巡らせた。しかし、それを事件に直結させるのは無理がある。現場にいた三人は瀕死であり、第三者の気配があちこちに残されているからだ。

岩楯はひとまず考えを引き上げた。

「わかりました。話してくださってありがとうございます。ちなみに遠山正和さんが、何かの病気だったかどうかはわかりませんかね。定年退職後は、家に引きこもっていたらしいので」

「そんなことないわよ」と彼女はあっさりと否定した。「二人でしょっちゅう出かけてるし、去年なんてお客さんもよく来てたと思う」

「去年だけですか？」

「そうだと思うわ。今年に入ってからは見てないから。でも、ちょっとおかしいの。みんななんだかこそこそしてたし、うつむきがちっていうのかしら。人に見られたくないみたいな感じでね」

「それは確かにへんですね。お客の年齢層なんかは？」

いろいろだったと思う、と老婆はひと言で終わらせた。

「じゃあ、去年は玄関を開けるたびに犬がやかましくてたいへんでしたね」

岩楯の言葉に反応した老婆はすかさず手を打ち鳴らし、前のめりになって表情をぱっと明るくした。

「そう、そう。それがね。お客さんたちなんだけど、みんな勝手口から出入りしてたのよ。うちのトイレの小窓からちょうどお隣の勝手口が見えるんだけど、なんだろうって思ったことが一回や二回じゃないもの」

隣で鰐川がゆっくりと顔を上げたのがわかった。こんな不審者情報がひと月も出なかったことが信じられない。岩楯は参考までに問うた。

「今のお話ですが、ほかの捜査員にもしましたかね」

老婆はきょとんとして、「特に聞かれなかったもの、勝手口の話はしてないわ」とあっけらかんと笑った。問い方ひとつでこうなってしまうことを考えれば、さんざん訊《き》き込みをしたあとでも埋もれている情報がないとは言えない。

「今日はお時間をどうもありがとうございました。ついでですが、熱中症にはくれぐれも注意してくださいよ。家を換気したほうがいいかもしれません」

この暑いなかでも涼しげな顔をしている老婆に告げたとたん、鰐川が無言のまま鞄のポケットに手を突っ込んだ。何かを二、三個取り出して老婆に握らせている。それは、すでに岩楯も何十個と受け取っている熱中症予防の飴玉《あめだま》だった。超甘党である相棒は、大量の菓子を持ち歩かないと不安でしようがないという。完全なる中毒者だったが、このあたりももう何も言うまいと決めていた。

聴取を終えた岩楯は、一目散に暑苦しかった家の外へ出た。が、とたんにセミの声と直射日光を全身に浴びることになり、家の中とは桁《けた》外れの暑さをいやというほど思い知らされた。

「どこもここも暑くてたまらんな。で、おまえさんは、今のばあさんの話をどう見たか教えてくれ」

岩楯は、帳面を鞄にしまっている鰐川を振り返った。対象者の心を理解しようと努める相棒の意見は、必ず耳に入れるようにしている。

「誇張も脚色もないように感じました。廊下の突き当たりに厄除《やくよ》けの札があったんですが、あれはつい最近貼り替えたものに見えましたね。隣で起きた災いを心底恐れているんでしょう。だから、もう自分のなかだけにとどめておくのは限界だった。遠山正和のDVの件です」

「よく見てるじゃないか」と岩楯はにやりとした。

「遠山宅のお客が勝手口から出入りしていたというのも、確かに隣人にしかわからない情報だと思いました。家の裏手はブロック塀があってよそからは見通せないし、角地なので家の反対隣は道路です。ちょうど死角なんですよ」

「ああ。こそこそした正体不明の客と、赤堀が出した事件推定日に起こった犬どもの遠吠え。下品で性悪の近所の主婦にDV夫。ばあさんの話はなかなか見所があるな」

岩楯は汗で張りついたワイシャツを扇《あお》いでペットボトルの水を呷《あお》り、そのまま花と犬で飾り立てられているはす向かいの家に足を向けた。

3

それから立て続けに七軒ほど訊《き》き込みにまわったが、隣人を超える情報はないに等しかった。ただし、警官の訪問に慣れ切った様子の住人は、以前よりも口が軽くなっているのは間違いない。「遠山家は空き巣に入られたことがある」とまるで示し合わせたかのように証言し、鉢合わせした盗人《ぬすっと》が三人を刺したのではないか……と捜査本部ばりの推理を披露される始末だ。事件発覚から一ヵ月。近所ではさんざん語り尽くされているだろうし、ある日突然起きた凶悪事件に人々は心奪われている。それを気《け》取《ど》られまいと神妙に接するさまが見ていて薄ら寒く、刑事二人は淡々と話を聞くだけに徹していた。

「空き巣の話は捜査会議でもたびたび出てきますね。遠山宅は、三年ぐらい前から何度も入られているらしいということで」

鰐川はタブレットで地図を開き、訊き込んだ家に印をつけた。

「でも、当の遠山家からは一度も被害届が出されていません」

「盗人《と》に入られた形跡があれば、盗られたものがなくても通報するのが普通だ」

「そうなんですよ。だとすれば、空き巣の話は単なる噂の可能性もありませんか？　近所の住人の聞き間違えが、脚色されてどんどん大きくなっていったとか。信憑性《しんぴょうせい》は疑問です」

岩楯は、電柱でわめく大きなセミを見上げながら首を横に振った。

「遠山の家を思い出してみろ。隙間もないほど玉砂利が敷かれてただろ？　植木も庭石もないただの空き地に、場違いなほど真っ白い砂利を敷き詰めていた。あれは飾りでやってるんじゃなくて、踏んだときに擦《す》れて音が出るようにしたんだよ。盗人かどうかは知らんが、遠山が何かを警戒していたのは事実だろう」

鰐川はっとしたように黒縁のメガネを押し上げ、いささか悔しそうな顔をした。どうやら、そんなことにも気づけなかった自分に苛立っているらしい。帳面を手荒に開いて高速でペンを動かした。

「砂利を踏む音がすれば、裏の犬が反応して吠えるかもしれません。なかなか気の利《き》いた防犯です」

「問題は、なぜ遠山家だけが狙われていたのか。これだけの住宅密集地なんだから、空き巣だったら入り放題だ。しかも習い物グループによれば、三年前から何回も被害に遭《あ》っていたとくる」

岩楯はペットボトルの水を飲み、陽が傾いてできたわずかな木陰《こかげ》に身を寄せた。実際に近所の声を聞けば聞くほど、遠山家には首を傾げたくなる点が多い。しかし、それが事実なのかどうかの裏が取れない話ばかりだった。夫婦は物静かで真面目というのが近所の総意で、しいて言うなら付き合いが悪い程度がマイナスの意見だ。隣の老婆以外に、夫の暴力を知る者もいなかった。

腕組みをして考えているとき、鰐川がきれいにアイロンがけされたハンカチを出して広い額をぬぐった。岩楯はその仕種をなんの気なしに目で追った。何を言わなくても、こんな些細《ささい》なところから結婚生活の充実ぶりが伝わってくる。相棒はシワひとつないハンカチを丁寧にしまい、付箋だらけの帳面をめくった。

「空き巣の件ですが、現場検証の結果、座敷の入り口付近にある箪笥が荒らされていた痕跡がありました。勝手口のノブにあったものと同じ指紋も見つかっています。ただ、寝床の引き出しにあった通帳とか貴金属は手つかずなんですよね。普通、空き巣や強盗ならいちばんに物色する場所だと思うんですが」

「特定の何かを探していたように見える。で、見つからなかった」

「見つからなかった？　なぜそう言えるんです？」

「死体がないからだよ」

岩楯は、くたびれた自分には相応《ふさわ》しいくしゃくしゃのハンカチで顔と首を拭いた。

「もしかして、三人は生きてるかもしれんと思ってな」

「はい？」と鰐川は素《す》っ頓狂《とんきょう》な声を出した。「いや、待ってくださいよ。尋常じゃない出血量だったんですよ？」

「可能性の話をしてるだけだ。遠山宅にある何かを狙ってる人間が、そのありかを吐《は》かせようとした。刺したり、指を落としたりしてな。で、家にはないとわかって、三人を連れ去ることにする。別の場所でじっくりと吐かせるために」

西陽が強くなってきた夏空の下、鰐川は黙って耳を傾けた。

「一緒にいた客は巻き添えじゃなくて、遠山となんらかの情報を共有していたとも考えられる。で、隣のばあさんが犬の遠吠えを聞いた夜中に、血染めの足跡を残していった人間が、瀕死の三人を運び出した」

「でも、現場に残されていた足紋は二十四センチです。女の可能性もありますし、男でも三人を拘束するのは難しい気がしますね」

鰐川はやんわりと否定したが、岩楯の言葉をノートに書き取りながらつけ加えた。

「でも、本部が推している居直り強盗説よりはずっと筋が通っていると思います」

「だろ？　でもまあ、単なる思いつきだ。ひと月も経つのに、未だに状況がよく飲み込めなくてな。少なくとも、強殺には見えない」

岩楯は炎天下に足を踏み出した。

「さて、いよいよ染め物グループのリーダーに会うとするか。品性下劣で性悪で、この町を腐敗に導いたと評判の天下人だ」

「隣人もそこまでは言っていません」

鰐川は噴き出しながら帳面をしまった。

遠山宅をまわり込んで裏の通りに入るなり、ひときわ目立つ家がいやでも視界に飛び込んできた。岩楯はあっけに取られて、思わず歩調を緩めた。透かしの入ったブロック塀にはずらりとプランターが並び、かけられたフックにも無数の植木鉢がぶら下げられている。グループの印であるオレンジ色のマリーゴールドが見事な花を咲かせ、真っ赤なハイビスカスや蛍光塗料で着色したようなカーネーションなど、色みが強烈すぎる花々が互いの魅力を打ち消し合っていた。まるで夜に瞬《またた》くネオン管だ。極彩色《ごくさいしき》の花が太陽に乱反射しているように見え、岩楯は目がちかちかしてまぶたを指で押した。

「いったいどういう感覚でこれをやってんだよ。草花を見て癒《いや》されるどころか、光と幻覚が見えはじめるぞ」

「LSDをキメたような、すさまじいサイケデリックですね。ここまでくると前衛アートの域ですよ。いやあ、すごい」

鰐川はスマートフォンを片手に、嬉々として写真を撮りまくっている。「貝塚」の表札がかけられた塀の向こう側を覗くと、案の定、花まみれの庭にはそこかしこに犬の飾りが置かれていた。おまけに二階の窓は大量のぬいぐるみで塞《ふさ》がれており、訪問者を笑顔で見下ろしているさまが不気味なことこのうえなかった。

「地域に必ず一軒はある変人屋敷としか言いようがない。なのに近所から距離を置かれるどころか、なんでシンパを増やしてんだよ」

「ある種の中毒性があるからだと思いますね。僕が常に持ち歩いている、飴やお菓子のパッケージに近いものがあるんですよ。こう、脳に刻み込まれて知らず知らずにのめり込んでしまうような陶酔《とうすい》感があります。主任もそうでしょう？」

「もちろん違う。俺に同意を求めんな」

鰐川はメガネを押し上げ、岩楯と熱っぽく目を合わせてきた。あろうことか、この異常な屋敷と共鳴しているようだ。岩楯はため息を吐き出した。

「おまえさんが、かなり特殊な感性だってことがわかったよ」

紫のクレマチスが絡みついている門を開けて、岩楯は敷地内に入った。むせかえるほどの甘ったるい匂いが真夏の熱気と混ざり合い、胸がむかむかとする。色がうるさすぎて平衡感覚まで狂わされるような空間だった。玄関の脇にある呼び鈴を押してしばらく待っていると、軽やかな足音に続いてドアが開かれた。

「はい、どちらさま？」

顔を出したのは、驚くほど美しい女だった。岩楯は思わず息を呑んだ。五十代半ばと聞いていたが、まるでその歳の雰囲気ではない。聴取では常に無表情に徹している鰐川も目を大きく見開いたものの、すぐさま咳払いをしてから警察手帳を提示した。

「突然ですみません。西荻窪警察署の者です」

貝塚夫人は手帳をまじまじと見まわしてから、胸の奥がくすぐったくなるような笑みを浮かべた。

「今日は暑かったでしょう。天気予報で三十六度って出てたから、買い物に行くのはやめようと思ってたところなんですよ」

彼女はひとつに編み込んだ長い髪を後ろへ払った。もちろん、シワもあるし老いの波には逆らえていない。しかし、透けるような白さと華やいだ存在感が翳《かげ》りを吹き飛ばしているようだった。日本人の色白とは質が違うところを見ても、どこかよその国の血が混じっていると思われる。庭と同じくけばけばしい熟年女を想像していたのだが、桃色のワンピースを着た姿はうぶな少女っぽささえ漂わせていた。

彼女は翅《はね》のように薄い水色のスカーフを首にふんわりと巻き直し、小首を傾げて刑事二人を交互に見つめた。もちろん用件はわかっているだろうに、わくわくと何かに期待するような仕種をしている。

「これだけ花が多いと、手入れがたいへんそうですね」

開口一番そう言って岩楯が庭へ目を向けると、貝塚夫人は待ってましたとばかりにいたずらっぽく笑った。

「手入れが楽なお花ばっかり選んでるんですよ。そもそも草花っていうのは、ある程度飢えさせたほうがいいの。満たされない環境に適応しようとして、生命力にあふれた鮮やかな花を咲かせるから」

「なるほど。確かに、近所にある同じ花とお宅のとでは勢いが違いますね。テーマパークみたいで驚きましたよ」

別に褒《ほ》めているわけではないが、彼女は「ありがとう」と言ってしなやかに頭を下げた。玄関も例外なく飾り立てられており、細々《こまごま》とした置き物やぬいぐるみ、そしてところ狭しと写真立てが並べられている。夫と二人の息子、それにポーズをつけた自分の写真でいっぱいだ。とにかく特殊な美意識としか言いようがなく、息苦しさを感じるような家だった。

「ええと、貝塚さんは草木染めを教えているんですよね。オレンジ色の花と犬の置き物を生徒に配ったと聞きましたが、敵味方を見分ける印みたいなものですか」

岩楯がずけずけと言ったとたんに、貝塚夫人は口に手を当てて笑った。

「やだ、だれがそんなこと言ったの？　まったくもう！」

彼女に胸を親しげに叩《たた》かれ、岩楯は面食らった。事件の訊き込みに訪れた刑事に対し、こんなにくだけた態度を取る人間は初めてだ。貝塚夫人はくすくすと笑いを引き、カールした前髪をかき上げた。

「わたしは前から、この町に『マリーゴールド街道』を作りたいと思ってるんですよ。町じゅうの家が、一斉にオレンジ色のお花を咲かせたら壮観だと思いません？」

「それは目立つでしょうね。衛星写真からでも確認できそうですよ」

「刑事さん、それすごく新しい感じがする」

彼女は腰に手を当て、大きく頷いた。

「次の町内会で提案してみようかしら。こういうのは町ぐるみで取り組まないと実現しないもの」

「まずは賛成票が必要ですね」

「そこなのよ」

貝塚夫人はまた岩栖の胸をぽんと叩き、色素の薄いはしばみ色の目を正面から合わせてきた。

「マリーゴールドは美しいだけじゃなくて、アレロパシー効果っていうものがあってね。害虫とか病気を退けてくれるの。農家では畑に植えてるところもあるし、町ぐるみでこれをやったら環境だってとてもよくなると思うんですよ」

「初耳です。それを広めるために、貝塚さんは生徒たちに植木を配っているわけですね」

「そうね。教室の生徒さんだけじゃなくて、ひとり暮らしのお年寄りとか旦那さんを亡くされて沈んでる方とか、お花を通じてひとつの輪になりたいと思ってるの。自然を愛して、余計な化学薬品を使わない暮らし……この活動は少しずつ広がってる。でも、おもしろくないと思ってる人たちも少なくなくてね」

彼女はたちまちしゅんとして目を伏せた。

「うちはクリスマスとハロウィンのイルミネーションにも力を入れてるんだけど、眩しいしうるさいって匿名《とくめい》で苦情がきたの。ここは人通りもあるし、去年なんてちょっとした観光スポットみたいになったのよ。家全体を五万個の電球で飾ったから。少しでも町を若返らせたいんだけど、新しいものを嫌う人も多いの」

すでに、言っていることが自然を愛する暮らしとはかけ離れている。岩楯は、度が過ぎたライトアップを思い浮かべた。原色の電球がひっきりなしに点滅し、サンタやトナカイが歌い踊る仕掛けでもしてあるのだろうか。自分が隣近所の住人なら、苛立ちにまかせて苦情を入れるはずだ。遠山家の隣に住む老婆が毛嫌いしているように、この女は自分本位で著しい常識知らずだった。だいたい商店街でもない単なる住宅地を、マリーゴールド街道だのイルミネーションスポットだのにして人を寄せる必要はあるまい。

「わたしは自然のものが大好きだから、草木染め教室を通してその素晴らしさを広めていきたいんです」

彼女は二人の刑事を交互に見ながらきっぱりと宣言したけれども、本来の自然からこれほど逸脱している人間も珍しい。岩楯は、事細かにメモをとっている鰐川を横目にいきなり話を変えた。

「遠山亜佐子さんは、貝塚さんの草木染め教室に通っていましたよね」

「ええ」

胸の前で手を握り合わせた彼女は、しんみりと短いため息を漏らした。

「ずいぶん熱心に通われていて、何かの賞を獲《と》るほどの腕前だったと聞きました。率直なところ、遠山さんはどんな方でしたか？」

「とても、とても感性の鋭い方だと思います。教室に誘って正解だったわ」

貝塚夫人はまたため息をついた。

「遠山さんは、いつもどこか寂しげでね。すぐ裏に住んでるのに、ほとんど話もしない関係だったの。あまり人付き合いが得意じゃないみたいで、出かけるときはいつも旦那さんと一緒。お友達もいなかったんじゃないかしら。こんなこと言ったらなんだけど、大正《たいしょう》時代のご夫婦みたいな感じでしたよ、旦那さんの後ろを、三歩下がって歩くみたいなね」

「なるほど。四年前から草木染め教室に通っていたんですよね？」

「そうね。でも、最初は乗り気じゃなかったわ。だって、遠山さんはお庭があるのにお花ひとつ置かない人だったから。習い事は旦那さんに反対されたとも言っていました。ちょっと信じられない。わたしは植物のすばらしさをわかってもらいたかったから、とにかく熱心に勧誘したの。旦那さんも説得したんですよ」

「そして囲い込みに大成功した」

「囲い込みって、やだもう。うちの教室は宗教とかネズミ講じゃないんだから」

彼女は岩楯の胸を叩いて頬《ほお》を膨《ふく》らませて見せた。

「ちょっと強引に体験教室に誘ったらね、目からうろこだったみたい。そのへんにある木とか葉っぱが、こんなに美しい色をもっていたなんてって本気で驚いてた。そこからだれよりもはまって、独自の媒染《ばいせん》をしたりあらゆる素材から色を抽出したり、この歳でやっと生き甲斐を見つけたって喜んでたの。熱中するって楽しいって。それなのに……」

貝塚夫人は眉尻《まゆじり》を下げて首を左右に振った。

確かに、遠山の家のなかで唯一体温を感じたのは草木染め関連だけだ。あとは生活する必要最低限のものばかりで、倹約家という人となり以外は見えてこなかった。夫には逆らわず、従順に生きてきたらしいことがわかる。

貝塚夫人は下駄《げた》箱に飾られていたブタのぬいぐるみを取り上げ、悲しげな顔でぎゅっと胸に抱きしめた。岩楯は、いささか自己演出が過剰な彼女に問うた。

「遠山亜佐子さんから何か聞いていませんか？　困っていることとか悩みとか。愚痴《ぐち》程度でもいいんですが」

すると彼女は弾《はじ》かれたようにかぶりを振った。

「もともと口数の少ない人だし、仲間とわいわいやるタイプではなかったんですよ。

なんていうか、黙々と作業する職人みたいな感じ。うちは草木染め教室とはいっても、お茶を飲みながらおしゃべりしたりするから……」

「遠山さんだけ周りから浮いていたと」

岩楯がずばりと言うと、彼女は苦笑いを浮かべてぬいぐるみを戻し、長い後れ毛を耳にかけた。

「わたしたちの年代は、習い事を通じて、おしゃべりを楽しみたい方が多いのでね。実を言うと、遠山さんは八月いっぱいで教室を辞めると言っていたんです。もうわたしより腕も知識も上になっちゃって、きっと物足りなくなったんだと思うの。すごく勉強家だし、新しいことにもどんどん挑戦したかったんでしょうね」

穏やかに語る彼女には棘《とげ》がない。しかし、貝塚夫人の主張と行動には齟齬《そご》があった。自然を愛して町を花でいっぱいにしたいと熱弁するわりに、遠山家のマリーゴールドが干からびようとも一向にかまわない。すぐ裏手に住み、周りにも教室に通う生徒がいるのにだれひとりとして気にかけないのは、あまりにも不自然だし意図的に見えた。草木染め教室は、ただ茶話会をしたいだけで草木に興味のない者の集まりなのか、それともみなで亜佐子をのけものにしていたのか。

次の質問を待つ素振りの貝塚夫人に、岩楯は手帳の記録を確認してから問うた。

「ええと、五月末から六月頭にかけて、何か不審なものを見聞きしませんでしたかね。どんなことでもかまいません」

「それはいろんな刑事さんに聞かれたんだけど、特別何か気になったことはないんですよ。いつもと変わらなかったと思います」

「そうですか。ちなみに六月一日の夜中に、おたくの犬が急に遠吠えを始めて近所じゅうの犬に伝染したと聞きましたが」

「ああ、あれ」

彼女は口に手を当ててくすくすと笑った。今さっきまで浮かべていた悲痛な面持ちは、あっという間に吹き飛んでいる。

「たぶんサイレンか何かに反応したんだと思うの。うちのクウちゃんはいつもなんですよ。本当に元気な子で、毎日のお散歩がたいへんなほどでね」

近所迷惑になっているという意識はさらさらないようで、躾をするつもりもないらしい。遠山正和については近所とほとんど同じで、気さくな二枚目以外の印象はなかった。ここでも有力な情報はなしか……。岩楯は気がついたことを二、三質問してから、あいかわらず魅力的な笑顔を振りまく彼女に礼を述べて外に出た。

強烈な西陽が目を突き刺してくる。手で庇《ひさし》をつくりながら腕時計に目をやると、午後三時をまわっていた。岩楯は通りの角にある自動販売機で水を買い、いちばん甘そうな飲み物を見つくろって鰐川に渡した。

「飴だのガムだのをしょっちゅうもらってる礼だよ。確かおまえさんは水を飲まなかったよな？」

「はい、ありがとうございます。なんの味もしない水を買う気になれなくて」

そう言ったそばから甘い炭酸飲料に口をつけている。これだけ糖分を摂《と》っているのに、健康にはなんの問題もないらしい。岩楯も冷たい水を喉へ送り込んでいると、鰐川が極端に声の音量を落として硬い表情を作った。

「貝塚夫人には驚きました」

「何が」

「あまりにも自然です」

相棒はペットボトルに再び口をつけた。

「普通、警官が訪ねてきたら、多少なりとも身構えます。近所で凄惨な事件が起きて被害者は顔見知り。しかも犯人はまだ捕まっていないわけですからね。なのに、恐怖心もなければ好奇心も見えない」

「おまわりに慣れっこになってんだろ。みんなして似たような質問しただろうし」

「そうなんですが、あまりにも無邪気ですよ」

岩楯は水を一気に飲み干してゴミ箱に放り、相棒をちらりと見た。

「そういう生き方なんだよ。初めに行ったばあさんの話を思い出してみろ。性悪で面倒ばかり起こすのに、同調する人間がいるからもっとややこしくなるって言ってたろ」

「同調しているのは草木染め教室の仲間ですね」

「違う。おそらく、町の男性陣はみんな彼女の味方なんだろうよ。初対面の俺に躊躇《ちゅうちょ》なくボディタッチをしてくるあたり、そういう行動に慣れてんだな。いつものことなんだよ」

岩楯は次の訪問先へ向けて歩きはじめた。

「やかましい犬を放置したり素っ頓狂な花道計画を押しつけたり、家を五万個の電飾で光らせてみたり。普通、そんなイカれた人間は町内でも鼻つまみ者になる。なのに、未だにやりたい放題で賛同者までいる始末だ。愛想のよさと美貌のおかげで、ずっと周りから守られて生きてきたんだろうな。だから無邪気なままあの歳になった」

鰐川は歩きながら帳面を取り出し、神妙な顔でペンを滑らせた。

「近所の主婦連中だって、まさかあのとち狂ったセンスをいいとは思ってないだろう。だが、だれにつけば暮らしが平穏なのかはよくわかってる。あの女は、実質的にこの町のヒエラルキーでトップだ。だれかに泣きつけば、知らぬ間に片がつくポジションにいる」

「まさか主任は、この一件との関連を考えているんでしょうか」

「それはまだわからんが、遠山亜佐子を習い事から締め出したのは間違いないと思うぞ」

今のところ、訊き込みで貝塚夫人に不満を示したのは遠山宅の隣人の老婆のみ。滅多なことが言えないほど、周囲から恐れられていると見える。

太陽を手で遮《さえぎ》りながら歩いていると、鰐川が音もなく横に並んで咳払いをした。

「話は変わりますが、赤堀先生はうまくやっていけるんでしょうか」

「さあな。うまくやれなきゃ首切られるだけだ」

「そんな身も蓋《ふた》もない」

鰐川が非難するような目を向けてくる。

「お膳立ては整ったんだ。あとは当人次第としか言いようがないだろ」

「そうでしょうか。僕は組織についておおいに疑問です」

もう何度も聞かされた言葉だった。

「あまりにもまわりくどいと思うんですよ。体裁だけの組織になんの意味があるのか。しかも法医昆虫学だけの話じゃない。犯罪心理学もですからね。僕は、未来のある分野がいい加減に扱われることがいやなんです」

「んなこと言ったって、上にもいろんな事情ってもんがあるんだろ」

「いろんな事情って、かなり雑にまとめましたね……」

鰐川は不満げに語尾をかき消している。

警視庁が新たに打ち出した組織編成は、プロファイラーを目指す相棒にとっても無関係ではないというわけだ。今回の人事は上層部でも揉めたようだが、どんな環境であれ能力を発揮する義務が赤堀にはある。

「まあ、赤堀には近いうちに会うことになる。だいぶ前から、現場の検分を申し出てるからな。間違いなく、心配して損した気持ちになると思うぞ」

岩楯はハンカチで顔をぬぐい、見慣れたオレンジ色の花で彩られた家へ入っていった。

4

真新しいブラインドを上げて窓を全開にすると、排気ガスを含んだ湿った風が吹き込んでくる。法医昆虫学者の赤堀涼子は、汚れきった外気を胸いっぱいに吸い込んだ。舌先に苦味を感じるほどひどい味がする。

目の前は首都高速の高架で完全に塞がれ、防音壁をものともしないひどい騒音がひっきりなしに鼓膜を震わせる。どうやらアスファルトの継ぎ目が近くにあるらしく、無数の車が走り抜けるたび忙《せわ》しないリズムを刻んでいた。そんな騒々しい高架の上にほんの少しだけ見えるのは、東京タワーの先端だ。舞い上がった埃で白っぽく霞《かす》んだ空に、ぼんやりとにじんでいる。

「大都会、東京。粉塵《ふんじん》、酷暑、水不足、異常気象、二酸化炭素大放出、ヒートアイランド現象、温室効果ガス……」

赤堀はぶつぶつとつぶやいた。熱せられた七月の空気がクーラーの効いた部屋に流れ込み、たちまち湿度が上がって汗がにじんでくる。赤堀は額に貼りついた前髪をピンで留め、肩で切りそろえられた髪をむりやりひっつめた。

この場所は浜松町《はままつちょう》の駅から歩いて十分ほど。芝公園《しばこうえん》が目と鼻の先という優れた立地のはずだが、五階の窓から見える景色はくすんだ鉄筋の塊《かたまり》に支配されている。当然、夢見るような夜景の美しさとも無縁で、ただただ閉塞した人工物の狭間《はざま》といった環境だった。

目の前に立ちはだかる薄汚れた首都高と相対しているうちに、胸の奥がじんわりと熱くなってくる。一日を通して陽の当たらない息の詰まる場所は、かえって自分の負けん気を刺激するらしい。

「やっとここまできた」

赤堀はぽつりと言った。さっきから頭の中では、生まれてから今日までの三十六年間が早回しで流れている。人生をめいっぱい謳歌《おうか》していると人に会うたび言われるけれども、自分としてはいまひとつ軌道に乗り切れない不安のなかで生きていた。いつも手に余るほどの問題を抱え、先が見えないまま一歩踏み出すのは恐怖しかない。結局、後戻りしたくてもできない環境だったことが、今につながっただけなのだと赤堀は冷静に分析していた。それを「意志」とか「情熱」と呼ぶにはあまりにも不順だが、周りからすればそう見えるのだろう。だから、自分はそのようにふるまう。何事にも決して屈しない、我が道を突き進む法医昆虫学者の赤堀涼子の枠から外れないように生きている。

真正面の高架を睨《にら》みつけていると、嚙み殺した低い笑いが口から漏れ出した。ここしばらく気持ちがうわついていたが、ようやくこの感覚が戻ってきた。推進力と高揚感。ゆっくりとまばたきをしたそのとき、開けっ放しのドアをノックされて赤堀は振り返った。

「とりあえず、すぐ窓を閉めたほうがいいと思う」

落ち着いたアルトの声色《こわいろ》に続いて、フリージアのような優しい香水の香りが漂ってくる。赤堀は反射的に鼻をひくつかせた。広澤春美《ひろさわはるみ》が片手を腰に当て、ドアにもたれるような恰好で立っている。手脚《てあし》の長いすらりとした引き締まった体軀《たいく》に、細身のパンツスーツがうっとりするほどよく合う。それでいて豊かな胸許のラインは豊穣《ほうじょう》を司る女神のようだった。落ち着きと安心感を人に与える女性で、四十三歳という年齢以上の貫禄がある。

赤堀は無遠慮に全身を見まわし、広澤に向けて親指を立てた。

「広澤さん、今日も羨ましいほどナイスプロポーション」

「それはどうも」

彼女は、言われ慣れた調子で軽く受け流した。

「それよりさっさと窓を閉めないと、また波多野《はたの》さんに叱られる。昨日の大爆発を忘れたわけじゃないでしょ？」

「フロアじゅうに声がこだましてましたからね」

広澤は小さく頷きながら、還暦間近である波多野光晴《みつはる》の台詞《せりふ》をすらすらと口にした。

「『いい加減にしてくれ、高速がうるさくて気が狂いそうだ、このふざけた立地はなんなんだ、八十デシベルを超えてるんだぞ、今すぐ霞《かすみ》が関《せき》に戻せ』」

「そこに『全部の窓を溶接してやろうか！』も追加で」

赤堀は防音の二重サッシを閉めて鍵を下ろした。

「波多野さんがおっかないから、いないことを確かめてから開けたんだけどなあ」

「今さっき学会から戻ってきたの。言っとくけど、今日も機嫌は最悪だからね、昨日に輪をかけて」

広澤はバレッタで留めた長い髪を後ろへ払いながら、赤堀をじっと見つめた。こんな何げなさをきっかけにして、彼女がもつ穏やかさの質はがらりと変わる。まるで眠りに落ちる瞬間のように、すべての波風が消えるのだ。今日も赤堀の内面に探りを入れているのだろうが、拒むどころか進んで受け入れてしまう雰囲気が彼女にはあった。常に心理学というフィルターを通して犯罪を見つめている広澤の前では、今まで出会っただれよりも自然体でいられる気がした。

赤堀は自分よりも十五センチは背が高いであろう広澤に笑いかけた。すると広澤は小首を傾げて腕組みをした。

「赤堀さんって、いつもどこか怪我《けが》してるみたい」

広澤は赤堀の右手首に目を移した。掌から手首にかけて、何枚もの絆創膏《ばんそうこう》が無造作に貼られている。

「これ、ムカデにやられたんですよ。オオムカデ目、トビズムカデっていう赤い頭と脚のすごく凶暴な子ね。ホント、ものすごく痛かった」

「それ、よく縁日なんかで売ってるゴムのオモチャみたいな見た目の虫?」

「その通り」

赤堀はぽんと手を叩いた。

「小学生のとき、男子が学校に持ってきませんでした？　いたずらして女子を怖がらせるために」

「まさにその被害者がわたしだわ。筆箱を開けたら大ムカデが何匹も入ってて、思いっきり悲鳴上げてひっくり返ったんだから。まったく」

「わたしが同じクラスだったら、二、三匹ホンモノをこっそり混ぜて復讐するのにな。そういう悪ガキには、倍の恐怖で対抗しないとね」

目を細めてにやりと笑うと、広澤はいささか面喰らったような顔をした。

「冗談でしょ？」

「半分ぐらいは本気です」

胸を張って宣言したのを見て、広澤は苦笑いを浮かべた。

「あなたの子ども時代が見えるようだわ。でも、ムカデなんてこのへんではあんまり見かけないけど」

「いや、いや。わりと家に入り込んだりするんですよ。優秀なゴキブリハンターでもあるからね。十五センチオーバーの威勢のいい子がうちの廊下を歩いてたから、格闘して生け捕りにしたんです」

「生け捕り？　まさか素手で？　なんのために？」

広澤は矢継ぎ早に言葉を送り出した。

「うちの大学の農学部が発痛物質のアミン類を調べてるって聞いたから、活きのいい野生の子をあげようと思って。ムカデは咬《か》まれる被害がすごく多い衛生害虫なのに、なぜかハチほど熱心に研究されてないんですよ。もうね、間違いなく絶叫するから」

しつこく続いた痛みを思い出しながら手首をさすっていると、広澤がまじまじと顔を見まわしていることに気がついた。どうやら興味があるらしい。赤堀は嬉しくなって翻《ひるがえ》り、事務机の引き出しを勢いよく開けて振り返った。

「見ます？　実は今日、連れてきてるんで」

「え？　いや、ちょっと待って！　出さないで！」

広澤はよろめきながら声を上げた。

「なんでそんなものを職場に持ってきてるの！」

「夕方から大学へ戻る予定だし、ついでにムカデ研究班をまわろうかなと思って。広澤さん、ムカデにかなり興味ありって顔してるから」

「まったくもってありません！」

力みながらそう言った広澤は、足早に近づいてきて机の引き出しをぴしゃりと閉めた。

「興味があるのは赤堀さんであってムカデじゃない。だいたいの人間はそうだと断言させてもらいます」

彼女は机に寄りかかり、深々と息を吸い込んだ。

「でもまあ、今後はある意味、虫にも興味をもたなきゃならないけどね。ここに引っ越した者たちは、お互いに助け合わないとやっていけないから」

「了解ですよ。なんでも手伝うので遠慮なく言ってください。わたしは念願叶って科《か》捜研《そうけん》勤務の地方公務員になれたわけだし、ホントもうがむしゃらにがんばりますって。非正規雇用だし大学と掛け持ちだけど」

「その気持ちは嬉しいけど、ここは科研から分離した『捜査分析支援センター』だってことを忘れないで。法医昆虫学と犯罪心理学、それに技術開発部の三つをこう呼ぶことに上が決めた。もちろん、なぜかはわかってると思うけど」

　赤堀はひときわ大きく頷いた。

「警察組織からの期待の表れですね」

「違う、ぜんっぜん違うから。なんでそんなプラスに解釈できるの」

　広澤は急にむきになって否定し、尖《とが》ったあごをぐっと引いた。

「表向きは新セクションだけど、実際は科捜研で運用率の低い部署を縮小してひとまとめにしたの。そして浜松町にある騒音ビルのワンフロアがあてがわれた」

　彼女は、六畳足らずの赤堀のオフィスをぐるりと見まわした。

「あなたの出鼻をくじくようで申し訳ないんだけど、わたしたちは厳しい現実をきちんと直視するべきだと思う。問題を先送りにしてあやふやにしないほうがいい。ここは追い出し部屋みたいなものなんだから」

「率直ではあるけど、またずいぶんと悲観的だなあ」

「悲観じゃなくて客観です」

広澤は指導的な口調で言い切った。

「いい？　科研は法医学と生物科学分野、そして化学分野がメインだと言っても過言ではない。ＤＮＡ鑑定や微物調査は事件解決に直結してるけど、わたしがやっているプロファイルと犯罪心理学は未だに参考程度の位置づけだしね。いや、ほとんど参考にもされていないのが現状だから」

「でも、犯罪は日々複雑化してますよ。いろんな方面からのアプローチは大事じゃないですかね。事件の早期解決のためにも」

「そう、まさにそこなの」

広澤は涼しげな一重の目をきらりと輝かせた。

「法医昆虫学もその一端だろうし、ゼロからスタートして短期間でその存在を知らしめた赤堀さんには素直に感服してる。あなたが担当した事件の報告書は読んだけど、昆虫の生態を見ながらこつこつと推論を積み重ねて、しかも狂いなく解決へ導くなんて本当に驚いたもの」

「それはわたしがすごいんじゃなくて、本能に忠実な虫がすごいんですよ。あの子たちには無駄がひとつもないからね。わたしはただ虫の声を聞いて伝える役なんです。それと、今ここにいられるのは、法医昆虫学と真面目に向き合ってくれた刑事のおかげかな」

赤堀は、未だ段ボールが積み上げられている雑然とした室内へ目をやった。思っていた以上に、広澤はさまざまな鬱憤《うっぷん》や不安を溜め込んでいるらしい。その歯がゆさはだれよりもわかっているつもりだ。

試用期間内になんとか結果を残すことができ、自分はひとまず非正規ながら採用が決まった。もちろん、法医昆虫学を今後ますます発展させていく意味での採用でないことは、赤堀がいちばんよく理解している。要するに、警察組織は律儀に筋を通したのだ。虫を使った奇妙な捜査法がまったくの不発に終わらなかった以上、約束通りもう少しだけ面倒を見てやると。そして、常に岩楯が方々に働きかけをしてくれたことを知っている。

広澤はあいかわらず真っ向から目を合わせていた。一途で深みのある瞳だった。赤堀が信頼に価する人間なのかどうかを見極めようとしている。彼女にしてみれば、未知なる法医昆虫学者と同じ部署ということ自体が不安の種だろう。ましてや、捜査分析支援センター設立なる名目で科研から弾き出されたのだ。なりふりかまわず立ち位置を守りたいと考えるのは当然のことだった。

広澤はふうっと細く息を吐き出し、目頭を指で押した。

「ごめん、ちょっと熱くなりすぎたみたい。ここのところ、いろんなことが重なったから疲れてるの」

「熱いのは好きなんで問題ないですよ」

彼女は波打つ髪を払いながら困ったように笑った。

「とにかく問題が山積みでね。波多野さんが怒るのもわかるな。鑑定技術の研究開発に半生を捧げてきた結果がこれだもの。上層部のやり方は露骨すぎる」

「まあ、まあ。しょっぱなから広澤さんもそう深刻にならないで。新たな門出《かどで》には違いないんだし、この際、泥舟でもいいじゃないですか」

「よかないでしょ」

広澤に真正面からねめつけられたが、赤堀はかまわず先を続けた。

「技術開発部とプロファイル、そして法医昆虫学が力を合わせたら、もしかして今まで見たこともないような泥舟が出来上がるんじゃないかな。なんだかんだで沈まない、遅いけど耐久性がある、ここぞってときの攻撃力がハンパじゃない、みたいな」

赤堀が身振りを交えながら言うと、広澤はまた薄日が射したような儚《はかな》い笑みを見せた。表には出すまいとしているけれども、今回の人事でかなりのダメージを受けたようだった。仕事はもとより、人間性をも否定されたような気持ちなのだろう。が、繰り返しそれを味わってきた赤堀にとっては大躍進だ。それに、こういうときは共感も慰めもいらないことを知っている。

「さて。わたしはこれからしばらくラボにこもりますよ。ここは空調も機材も試薬も完璧に整ってて嬉しくなっちゃうな。今まではあらゆるものを使って手作りしてたから」

椅子に引っかけておいた白衣を取り上げ、赤堀は広澤に笑いかけた。どこか歯切れの悪い笑みをたたえていた彼女は、気分を変えるようにゆっくりとまばたきをした。

「赤堀さんのところ、人手は足りてるの？」

「今んとこはまだ大丈夫ですよ。それに、学部生を助手として借り出してもいい規則みたいだから」

「ああ、なるほど。分野によっては学生を採用することもあるって聞いたことがある」

赤堀は踊るような動きで白衣に袖《そで》を通し、腰に手を当てて頷いた。

「そこなんですよ。若人《わこうど》がいくら大学で法医昆虫学を学んでも、今までは壊滅的に働き口がなかった。イコール、学生離れが止まんなくて学科自体が取り潰《つぶ》しになる危機と隣り合わせだったわけですよ。でも、科研は院生を積極的に採用するみたいだから、安定した就職口が確保できる。学長も学生も大喜び。これですべての問題はクリア」

広澤に向けてウインクをしたけれども、彼女は冷めた目で赤堀を見下ろした。

「何もクリアできてないと思うけど。研究員の採用試験倍率は百倍を超えることもある。一般的な公務員試験とは桁違いの難易度で、しかも採用人数は全国で十人程度だし」

「いやいや、法医昆虫学に関して言えば、日本でわたししか教えてないから。わたしの門下生で枠を独占するつもりだから。この先、赤堀ハローワークとしてここで息長く斡旋《あっせん》していこうと思ってる」

何かを企《たくら》むような顔でにやりと口角を上げると、広澤は腕組みをして首を傾げた。

「悪いけど、あなたって、どこまでが本心なのかわからない」

「口に出したことは全部本心ですよ。じゃ、今回の事件にかかわる子たちを再検証してきます。いつまで経っても現場を検分する許可が下りないし、そのくせやたら提出書類が多くてやんなっちゃうけど、まずは地盤を固めましょう」

赤堀は両手で広澤の手を握って力をこめ、殺風景なオフィスを大股で出ていった。

四畳足らずの手狭な研究室は、赤堀が持ち込んだ荷物でごった返していた。造りつけの棚には薬品や書類の類が雑に突っ込まれている。メモ紙と付箋が折り重なるように貼られた壁は、空調がため息のような空気を吐き出すたびにざわざわと揺れていた。近未来的でシンプルなラボを堪能できたのは最初の数日だけで、もはや大学にある赤堀専用の小屋と同じ様相を呈している。

ファイルから写真の束を取り出し、作業台の端から並べていった。すべて荻窪の事件現場から採取された昆虫のもので、ウジとその干からびた死骸《しがい》だ。

赤堀はずらりと並んだ写真の上に、今度はエチルアルコールで満たされた小瓶《こびん》を置いていった。中身は固定したウジ、つまりは防腐処置を施した標本だった。事件発覚から今日までのおよそひと月の間に、恒温器で飼育したウジの関連づけと同定、それにADH、いわゆる生物時計を解析するところまでは完璧に済んでいる。

「よし」

現場の虫たちを見下ろしてひと声上げ、赤堀は早速ノートパソコンを開いて数値を打ち込んだ。ここのところ、日に何度もこれを繰り返している。採取日とウジの齢に、気象状況の細かいデータを加えて補正するというものだ。計算式に当てはめてエンターキーを弾くと、もう見慣れてしまった数字が表示された。

「清々《すがすが》しいほど教科書通りに収まってる。この子たちによれば、被害者たちの指が切断されたのは、六月一日の午後三時から四時の間……」

ぶつぶつと呟き、赤堀はモニター上の数字をじっと見つめた。解剖医が割り出した推定日である五月二十日前後とは大きな開きがあったけれども、自分が出したこの日時で間違いないはずだ。採取されたウジがすべて初齢後期で羽化殻《がら》がひとつも見つかっていない事実は、卵から孵《かえ》ったばかりで世代交代がおこなわれていないことを示している。つまり、解剖医が出した切断されてから発見まで十日前後というのは、ウジの生育日数的にあり得ない。虫たちが一丸となって指し示している数値には、並々ならぬ自信があった。

赤堀は資料で膨れ上がっているファイルをめくり、鑑識が撮影した現場写真でぴたりと手を止めた。畳敷きの和室には血が四方に飛び散り、茶器やケーキがあらぬほうへ撥《は》ね飛ばされている。そのすぐ脇には三本の指が雑然と転がっていた。世間の人には決して見せられない写真だ。

赤堀は大写しになった三枚をファイルから引き抜き、スタンドの電気を点けて写真に顔を近づけた。DNA鑑定報告書と照らし合わせながら、切断された指の状態を確認する。左手の小指はどれも第二関節あたりで切り落とされ、まるで白い膜が張ったようにおびただしいほどの初齢ウジがついている。赤堀は後ろの引き出しからルーペを出して、三人分の指を時間をかけて見ていった。

遠山正和の指は灰色っぽい骨が剥《む》き出しになり、組織がほとんど喰い荒らされて小枝のようになっている。横にある妻の指も同じような状態で、乾燥が始まった組織にはわずかながら甲虫《こうちゅう》も貼りついていた。そして、未だ身元がわからない男性の指も蚕《さん》食《しょく》痕がひどい。

赤堀はルーペを少しずつずらしながら、三人の指の状態を比較した。採取されたウジの齢は一定でばらつきがなかった。このことから、同じ日時に切断されたのはほぼ間違いないだろうと結論づけられる。それなのに、なぜか指の組織の状態には差異があるのだ。

「夫の正和、妻の亜佐子、そして身元不明男性」

赤堀は、骨に残された組織の少ない順に写真を並べ替えた。そして、全体像の写る写真としつこいほど何度も見くらべる。夫と妻の指が落ちていた場所の間隔は、だいたい三十センチというところだろう。身元不明男性の指は、そこからさらに五十センチほど離れたところに転がっている。

ふうっと息をつきながらパイプ椅子にもたれかかり、赤堀は指を接写したものに目を細めた。最初に現場写真を見たとき、三人の指の損傷具合が微妙に異なることに気がついてはいた。見落としてしまいそうなほどわずかな差ながら、なんとなく気にかかったことは事実だった。けれども、虫たちによって弾き出された数字はみな一緒で、取り立てておかしな点は見当たらない。

赤堀は、体をねじって後ろの棚から分厚い資料を引き抜いた。栞《しおり》を挟んでおいた箇所を開いて細かい文字に指を這わせる。

過去の実験データによれば、組織の置かれた間隔が近いほど、虫たちは異常な行動パターンで誘引し合うことがわかっている。つまり、いくつかの肉を近くに置いておくと、ひとつの肉に虫が集中するか、あるいは、ひとつを除いたほかの肉で活発な活動がおこなわれることがあるのだ。実際、数人の死体が隣接して発見された現場では、偏《かたよ》った昆虫の来襲パターンができたという記録を読んだことがあった。

「このちょっとした違いは、それを表してるのかな……」

赤堀はぼそりと言った。

採取されたウジは、クロバエ類とニクバエ類、そして民家に発生するイエバエ類も相当数見受けられた。血にまみれた座敷は、たとえ組織が少なくてもハエたちを強烈に引き寄せるだけの魅力があったのだろう。

解剖報告書を引き寄せ、毒薬物検査の結果に目を通した。三人とも陰性で、アルコールや虫のいやがる化学物質も検出されていない。さまざまな結果から見るに、過去の実験と同じく環境のせいで起きたイレギュラーな事態ということだ。

赤堀は報告書を閉じ、写真を集めはじめた。しかし、切断された指の写真を見て再び動きを止めてしまう。日々、十回以上はこの行動を繰り返していた。赤堀は頭をがりがりと搔《か》きむしった。

「あー、もう！　これ以外は完璧にきっちりと収まってんのになあ。ホント惜しい。見た目だけがなんか違うから、そこがすごく気になるんだよ。ひと月経ったのにまだ気になってんだから、もう検証するしかないじゃんね」

自身に向けてそう言い、赤堀は極力避けて通りたかった負担の大きい実験を決意する。写真を小袋に入れてからスマートフォンを取り上げ、岩楯のメールアドレスを呼び出した。そして、現場へ立ち入るにはあとなんの書類が必要なのか、あとどれだけ待てば許可が下りるのか、もしかしてお偉方にも直接訴える必要があるのか……と恨みがましく打ち込んで送信する。

所属する組織が変わったとはいえ、きっちりと法医昆虫学的な筋を通すのは自分の役目だろう。骨折り損になる可能性が高いとはいえ、気になるところを掘り下げないでどうすると本能が騒いでいた。

5

翌日は朝から低い曇天が広がり、いつ雨が降り出してもおかしくはない空模様だった。陽射しがないぶん体感温度は劇的に下がっているのだが、いかんせん湿度が高すぎる。岩楯はワイシャツの第一ボタンを外し、止まらない汗をぬぐってからペットボトルの水を呷った。

荻窪にある遠山宅は鈍色《にび》の空と共鳴でもするように、気が滅入りそうなほどどんよりと沈み切っている。が、事件現場など見向きもせずに、通りの先にあるスーパーへの道は人々がひっきりなしに行き交っていた。日が経つにつれ、人々の関心は露骨なほど薄れていくのがわかる。時刻はもうすぐ午後一時。なんの進展もない凶悪事件よりも、雨が降りはじめる前に買い物を済ませることが大事だろう。

ブロックの欠けた門扉を背に、鰐川はさっきからそわそわと落ち着きがない。何度となくスマートフォンの時計を表示させているとき、「おーい！」という聞き慣れた声に反応してたちまち顔をほころばせた。

通りの角を曲がって現れた女は、捕虫網を振りまわして「こっちこっち」としつこいほど合図をよこしている。黒いキャップをかぶって白いTシャツの袖を肩口までまくり上げ、カーキ色のハーフパンツというあいかわらず小学生男子のような出で立ちだ。鰐川が手を上げて応えると同時に、笑顔を弾けさせた赤堀が猛ダッシュで突っ込んできて目の前で横滑りした。年齢不詳の場違いな女に、通りすがりの買い物客が明らかに引いている。

「いやあ、今日も暑いねえ。でも、夕方からひと雨くるみたいだよ。それはそうと岩楯刑事、禁煙には完全に失敗しちゃったんだって？」

「いきなりそれかよ。だれから聞いたんだ」

岩楯は、素知らぬふりをしている鰐川を睨みつけた。

「あんまり気に病まないほうがいいよ。岩楯刑事はがんばった。すごく偉かったよ。それはわたしがいちばんよくわかってるから、悪く言う人がいても聞き流すこと。また禁煙に挑むんだったらいつでも言って。乾燥アリを量り売りしてあげるからね」

「金とるのかよ」

クロクサアリとかいう、強烈な臭いのするアリを禁煙時にあてがわれたことを思い出してうんざりした。虫の臭いで煙草《たばこ》を忘れさせるという、昆虫学者主導の霊感商法みたいなものだ。

赤堀は慰めるように岩楯の肩をぽんと叩き、すぐさま鰐川に向き直って手をがっちりと握り締めた。

「ワニさん、結婚おめでとう！」

「ええと、赤堀先生。披露宴には出席していただきまして……。その節はお忙しいところありがとうございました」

「うん。わたしは嬉しい。みんなそろっていい方向に進んでるもんね」

岩楯はまったくそれに当てはまらない。

セミよりもやかましい赤堀は鰐川にまとわりつき、幸せがにじみ出していると騒いで馬鹿笑いをしている。通行の妨げになっている女の襟首《えりくび》を摑んでどかしたとき、ベビーカーを押した集団の後ろから落ち着きのある声がした。

「ちょっと、赤堀さん。急に走り出さないでくれる？」

白いブラウスの袖をまくり上げた女が、はあはあと息を上げながらハンカチで汗をぬぐっている。はっとした鰐川はメガネを何度も押し上げ、長身の女にいきなり敬礼をした。

「広澤先生じゃないですか。お疲れさまです」

広澤？　岩楯が隣を見やると、鰐川は咳払いをしてから女に手を向けた。

「広澤春美先生ですよ。赤堀先生と同じく、捜査分析支援センター所属のプロファイラーです」

相棒はいささか興奮気味に紹介し、著書はすべて読んでいますと抜け目なく広澤に伝えた。なるほど、鰐川が目指すポジションにいる人物のようだ。自分と同じぐらいの年代だろうか。岩楯は素早く彼女の全身に目を走らせた。背は軽く百七十センチはあるだろう。均整の取れた体つきはしなやかで、冷たさを孕《はら》んだ知的な美しさがある。波打つ栗色の長い髪をひとつに束ね、すっと切れ上がった隙のない目をしていた。

「我々は何も聞かされてないんですが、今日はどうかされましたか」

岩楯が問うと、広澤は困ったような笑みを浮かべた。

「急で申し訳ないんですが、現場の検分に合流させていただきたいんです。もうずいぶん前から現場を見たいと申請していたんですけど、なんだか忘れられていたみたいで。今日になって、急に赤堀さんに同行するように指示されたんですよ」

「なるほど、そういうことでしたか」

岩楯が頷いた瞬間、赤堀がやけに生真面目な顔で言った。

「岩楯刑事。そのことなんだけど、だれにお中元贈ったらいいのか教えて」

「いったいなんの話だ」

「いろんな許可がなかなか下りないのは、わたしがお中元やなんかを警察幹部に贈ってないからだよね。岩楯刑事なら裏事情とか相場に詳しいと思う。わたし、そういう一般常識には弱いからさ」

いたって真剣な顔を見て岩楯は呆《あき》れ返ったが、広澤は冗談かどうかを判断しかねているような面持《おもも》ちをしていた。

「裏事情なんてあるわけないだろうが。間違っても付け届けなんてすんなよ。許可に時間がかかるのは、あんたが本当に現場へ行く必要があるかどうかの検討をするからだ。相当数の判子がいるんだよ」

「行く必要があるから申請してるんだけど」

赤堀は口を尖らせて非難の目を向けたが、岩楯は手をひと振りした。

「組織体が変わって、先生は完全に警視庁の配下にある。今までみたいに気ままな動きはできないってことを肝《きも》に銘じるんだな。まさかとは思うが、法医昆虫学は制約の中では成果を出せない分野なのか」

「久々に会ったのになんか棘《とげ》があるなあ」

昆虫学者はさらにむくれ顔を作った。

「まあ、いつもそうだから変わってないとも言えるけどさ」

赤堀はキャップのつばを上げてひとしきり岩楯と目を合わせると、玉砂利の敷かれた遠山宅へ入っていった。刑事二人は広澤と名刺を交換してから赤堀の後を追う。

現場を見なければ法医昆虫学の精度は落ちる。採取された虫をただただ検分するだけなら、科研がいれば事足りると岩楯は思っているし、警察組織もそこだけは認めていた。しかし、精度が上がれば上がるほど、無意識に危険領域へ踏み込んでしまう現実があることを無視するわけにはいかないという理屈なのだろう。事実、今までも命が脅《おびや》かされる事態に陥り、一歩間違えば赤堀は死んでいた。法医昆虫学は実践で使えるにもかかわらず、そこを強化せずに縛りをきつくするという防御が、いかにも旧態依然とした組織を物語っているような気がした。もっとも、岩楯も大枠では同意している。赤堀は、もう一段階上に上がる必要があると思っているからだった。

鰐川が玄関を解錠して格子戸を開いたとたんに、けたたましい音が耳をつんざいて裏の犬が烈火のごとく吠えはじめた。赤堀は弾むような足取りで裏手へ走り、私道を隔てたブロック塀に耳を押しつけてすぐ引き返してきた。

「あの子、玄関の音を怖がってるみたいだね。音にすごく敏感なのかも」

「意味もなく年中吠えるっつうのが隣のばあさんの見解だ」

「意味があって吠えてるんだと思うけど」

赤堀は、犬が吠え続けている裏手の家に顔を向けた。

「とにかく、飼い主が放置してるから無駄吠えは止まらんだろうな。六月一日の夜中にも、派手に遠吠えして騒ぎになったらしい」

「六月一日の夜中？」

案の定、赤堀はぴくりと反応した。自身が割り出した事件発生の推定日だ。難しい顔をしてしばらく押し黙っていたが、次の瞬間、出し抜けに背中から捕虫網を引き抜いて「ほっ！」とおかしな声を張り上げた。岩楯の鼻先すれすれのところで網を振るい、玄関先に押し伏せている。よろめいて舌打ちする刑事を横目に、赤堀は捕らえた虫を素早く小瓶へ移した。

「イエバエだよ」

「我々がいちばん目にする一般的なハエですね」

鰐川が即座に帳面を開きながら記録すると、赤堀は小刻みに頷いた。

「背中に四本のラインがあるスポーティーな子。わたしは、キンバエよりもオシャレ度は高いと思ってるんだよ」

「なるほど。さりげなさがオシャレの条件とも言えますからね」

岩楯は、どう接していいのかわからずに困っている広澤を玄関へ促し、二人を無視して家の中に入った。今日も室内の空気はどんよりとよどみ、古い木材や藺草《いぐさ》の匂いが充満している。湿度が高いせいか前回よりも蒸し暑く感じられ、錆のような乾いた血の臭いが際立っていた。

四人は次々に靴を脱いで、すぐ左手にある座敷へ足を運ぶ。初めて現場を目にした赤堀と広澤は、襖を開けた戸口でほぼ同時に足を止めた。八畳ほどの座敷は先日と同じく血まみれだが、薄暗い曇天がなおさら現場を得体の知れないものに見せている。血痕は以前にも増して黒ずみ、はっきりと浮かび上がる手形は、墨汁《ぼくじゅう》か何かで描き殴られた悪趣味な芸術作品のようだった。

赤堀は繊維壁に残されている手形をじっと凝視し、汗で束になった前髪を払った。写真とはくらべものにならないむごたらしさに、わずかながら動揺しているのがわかる。鰐川は資料の入ったファイルを開き、位置関係だけをざっと説明した。

「手前には遠山夫妻、テーブルの奥に身元不明の男性が座っていたと思われます」

赤堀は鰐川の言葉を反芻《はんすう》するようにつぶやき、畳にこびりついた血痕に注意しながら、なぜか部屋の四隅を見てまわっている。一方で広澤はまったく感情を見せずに落ち着き払い、ゆっくりと中央に進み出た。

「写真で見るよりもひどい。かなりの出血量ですね」

そう言いながらぐるりと首をまわし、座敷の惨状を目に焼きつけている。そして鞄から手帳を取り出し、無言のまま何かを書きつけていった。壁や畳、天井に目を走らせながら少しずつ移動し、静かにメモをとることに終始している。まるで日頃の鰐川の行動と同じだった。件《くだん》の相棒はそわそわとしながらプロファイラーの動向を気にしている。赤堀に目をやれば、いつの間にかキャップのつばを後ろにまわし、頭にヘッドライトを装着して畳に顔がつくほど這いつくばってヤモリのように移動していた。

二人の学者はそれぞれの領分にのめり込み、黙々と何らかの作業を続けている。岩楯は粘りつくような不快な暑さにあえぎながら、彼女らの行動を見守った。そして、広澤が手帳を閉じたのと同時に声をかけた。

「で、広澤先生は血だらけの現場から何を読み取ったんですかね。これをやった人間の感情とか真相心理ですか」

からからに乾いた血だまりを見つめていた広澤は、ふいに顔を上げて意地の悪い質問をする岩楯と目を合わせた。儀礼的に微笑《ほほえ》んでいる。

「残念ながら、心理的なものは何もわかりません」

「心理の専門家なのに何も、ですか？」

「はい。人の『心の闇』について想像を膨らませるのは、テレビに出ている似非《えせ》心理学者にまかせているので。彼らは結論を見てから理屈を用意しますから、いかにももっともらしく聞こえますよね」

「なかなか言いますね。でもそれをしないとすれば、あなたの仕事的にはどうやって犯人像をあぶり出すんです？」

広澤は閉じた手帳を小脇に挟み、岩楯の顔をさらにじっくりと見つめた。すべてを見透かしてくるような威圧感のある瞳だった。

「現場や被害者から予測できる犯人像というのは、言ってしまえばだれでも想像できるものなんですよ。たとえば、このひどい現場を見たほとんどの人は、犯人は『怒り』に支配されて我を忘れていた……と考えると思いますね。三人を追いまわしてナイフでメッタ刺しにしているなんて、深い恨みのなせるわざだと」

「違うんですか？」

「それが正しかったとしても、わたしの知るところではありません」

広澤は落ち着き払って明言した。隣では鰐川が、一言一句逃さぬ勢いで帳面に広澤の言葉を書き取っている。岩楯が無言のまま先を促すと、彼女は淡々と言葉を続けた。

「犯罪心理学とは、その科学的知識を犯罪抑止に役立てた応用科学です。そこに感情とか主観が入る隙はない。被害者や遺族を思いやって涙するのがカウンセラーの仕事だとすれば、わたしの仕事は、なぜ犯人が人を殺したのか……ということを膨大なデータに基づいて顔色ひとつ変えずに答えることですよ。それがプロファイラーです」

広澤はきっぱりと言い切った。抑揚の少ない話し方には一切の恐れや警察組織への媚《こ》びが見えず、さぞかし頑固な完璧主義者なのだろうと思わせる。しかし、言っていることはもっともだった。この場で犯人の心情を読み取って見せるような離れ技は必要ない。

岩楯は表情を緩めた。

「警官になってからプロファイラーにはほとんどかかわったことがないもんで、イメージだけで考えてましたよ。失礼しました。データというのは、過去の犯罪統計ですかね」

「ええ。世界基準にはまったく追いついてはいませんが、データベース化していま す」

「そのあたりは、何かの講義で聞いたことがありますよ。確か、ものすごい数の項目があったような」

「そうです。現場でいえば、散らかっていたか、犯人はその場にあった凶器を使ったか、あるいは準備してきたか、被害者と会話した形跡はあるか、突然襲ったかなど、犯人情報も加えれば百八十項目以上にわたってかなり詳細に記録されています。定期的に多くの凶悪犯罪者との面接もおこなって、犯人の行動テーマを抽出していますので」

「なるほど。じゃあ、この現場の情報をパソコンに入力するだけで、だいたいの犯人像がモニターに映し出されると」

「そんな簡単にはいきませんけど、Qマトリクス、類似性マトリクスの空間マッピングを使ったリヴァプール方式をおもに使いますね」

わけのわからない専門用語が飛び出したところで、ずっと会話に加わりたかった鰐川が横から口を差し挟んだ。

「犯罪現場での被疑者の行動変数を計算して、二次元上で座標にするわけです。過去のデータと共通する特徴があれば、座標は中央に集中するので可視化されるんですよ」

「ますますわからんよ」

「去年、小田急《おだきゅう》線沿いで発生した連続放火事件ですが、犯人の年齢、職業、家族構成、居住地にいたるまで、広澤先生のプロファイルとほぼ合致していました。これは空間マッピングから導き出されたものです」

鰐川はまるで自分の手柄のように、細面の顔を紅潮させながら捲し立てた。広澤はプロファイルを理解している相棒をいささか驚いたように見やり、そしてわずかに感情を見せて微笑んだ。

「連続放火事件に関して言えば、どの場合でも現場から半径一キロ以内に犯人が住んでいる確率が五十六パーセントなんですよ。その統計値に当てはまった例ですね」

「ということは、ほぼ半分は当てはまらない」

岩楯が念を押すと、広澤はさして気分を害したふうでもなく頷いた。

「すべてがプロファイルで事足りたら、岩楯さんの仕事はなくなりますからね。まあわたしも、今後はＡＩに仕事を奪われる可能性が大ですけど」

この冷静さは偽りではない。岩楯はまったく波風のない冷ややかな瞳を覗き込んだ。感情をコントロールする術《すべ》を完璧にものにしており、この分野ではだれにも口出しはさせないという強さがあった。タイプは赤堀の対極に位置しているものの、プロ意識という一点においてはいい勝負なのかもしれない。

あいかわらず畳を這いまわっている赤堀を横目に、岩楯は話を戻した。

「ちなみにこの現場ですが、広澤先生から見て何か気にかかることはありますか」

「今までの情報から考えると、犯人は無秩序型を示しています。現場にあった凶器を使い、それを無造作に残していった。犯罪現場は乱雑で汚れているなど、いくつもの条件に当てはまりますね」

「そこからわかることは？」

「犯人の知的水準は平均以下、社会性は未熟、だらしない、ひとりっ子、または兄弟がいるとすれば年少、幼少時の躾は厳しかった、薬物かそれに匹敵する何かを乱用している、行動範囲が狭い、マスコミにはほとんど無関心、ひとり暮らしまたは親と同居している、男性の単独犯」

広澤は特徴を次々に挙げ連ねていったが、岩楯には個性や特徴のないものにしか聞こえなかった。

「ほとんどの凶悪犯罪者は、必ず何かしらに当てはまりそうだな」

「ここまではそうかもしれませんね。でも、被害者を追いまわして刺し、これだけの出血のなかでわざわざ指を切り落とすというのは間違いなくオーバーキルで、無秩序型の特性です。わたしは、犯人が過去にも殺人を犯している可能性を考えているんですよ。捜査本部が示している、ゆきずりのストレンジャー事件ではない」

プロファイラーは血だらけの座敷を見まわしてから、再び視線を岩楯に戻した。

「窃盗でも強盗でも同じことが言えるのですが、特殊な場合を除いて、犯人は基本的に捕まることをもっとも恐れます。だから、わざわざ慣れていない手口は使わないんですよ。あるやり方でうまくいっている場合には、特別な理由がない限り変更はしません」

「てことは、部屋を血まみれにして指を切り落とし、死体だけ持ち去ったのはホシお気に入りの手口だと」

「ええ、犯行にはそれをする合理的な理由がある。リスクを冒してまで死体を運ぶのは遺棄するためでしょうが、それならなぜ指を残したのか。単なる性癖とか妄想とか儀式とか、その類の殺人とはまた異なります。ここに齟齬があるんですよ。無秩序型と秩序型が混じった混合型になると。データと照らし合わせても、これが初めての犯行ではないとわたしは確信しています」

鰐川はごくりと喉を鳴らし、高速でペンを動かしている。岩楯は、正直このプロファイルというものをどう捉えたらよいのかわからなかった。ここまで断言する根拠は集積したデータのみで、犯罪者はある種のパターンに沿って行動することが前提になっている。もっとも、その法則性を導き出したからこその科学分野なのだろう。しかし、どうもすんなりと入ってこないのは、自分に柔軟性が足りないせいだろうか。

岩楯は腕組みしながら言った。

「我々はもちろん、類似の未解決事件を洗いましたよ。だが、過去十五年間に手口が似通ったヤマはない。経験上、連続殺人の場合は、殺しの間隔が十年以上も空くことはないと思いますが」

「そうですね。でも、殺人を中断せざるを得ない理由があれば別です」

広澤には一分の迷いもない。岩楯は頷いた。

「了解しました。その説は頭に入れておきます。で、先生のほうはどうだ？　暑いからって勝手に扇風機のスイッチを入れんなよ」

ピンセット片手に畳のヘリに沿って移動していた赤堀が、おもむろに扇風機を稼働させている。根元がガムテープで補修され、首振り機能も壊れている遺物のような家電だ。赤堀は扇風機の前に立ちはだかってぬるい風を全身に浴び、後ろを振り返ってまた畳に顔を近づけた。

「この扇風機は発見時には点いてたのかな」

赤堀が顔を伏せたまま問うと、鰐川が資料を確認してオフだったと答えた。彼女はスイッチを切り、手の甲で汗をぬぐいながら立ち上がった。

「指が落ちてた三ヵ所には、特にウジの食欲を増減させるような要因はないみたい。空調の問題かもと思ってたんだけど、それも違うんだなあ」

「虫のほうに何か問題があったのか？」

「うーん、問題というより誤差かどうかの確認がしたいの。指に残った組織の状態が、ひとつだけほんのちょっとだけ違うから」

鰐川はファイルをめくり、現場写真で手を止めた。横から覗き込むと、骨が浮き出したウジまみれの指が大写しになっている。岩楯には三つとも同じような状態に見えるが、赤堀に言わせればそうではないらしい。

「この部屋の環境は別に問題ない。それにしても、なんの飾りもない寂しい部屋だよね。客間なのに家具がテーブルと箪笥しかないし、がらんとしていたたまれない感じ」

「質素な倹約家。隣近所の連中はみんなそう言ってるよ」

「そっか……。でもなんだろう、ちょっと普通じゃないような」

赤堀は首を傾げて座敷を見まわしていたが、考えがまとまらなかったようで、ふうっと息を吐き出した。話を先に進める。

「ケーキとかクッキーとかお茶が吹っ飛ばされてたけど、ウジの食欲に影響を与えるものではないと思うし、指の組織には薬物なんかの反応もなかったんだよね」

「写真を見る限り、特別差があるようには思えないな。そもそも、虫から割り出した推定はどれも同じだったんだろ？」

「うん。六月一日の午後三時から四時の間。これは間違いない。虫たちが特別何も言わないってことは、異常行動誘引のパターンみたいだね」

赤堀はあごに手を当てて考え、くるりと振り返って後れ毛から汗を滴《したた》らせた。

「よし、オーケー。とりあえずこの部屋をきっちり目に焼き付けとかないと。これからも簡単には検分許可がもらえないみたいだしさ」

嫌味を言いながら座敷をさらに動きまわり、それが終わると四人で隣の部屋へ移動した。寝床と台所もざっと検分し、最後に四畳半程度の納戸に足を踏み入れる。遠山亜佐子の趣味の部屋だ。

「わー、これはすごい量だね。個人の習い事のレベルを超えてるよ」

赤堀は目を丸くし、草木染めの材料がびっしりと詰まったプラスチック製のケースを覗き込んだ。

「酢酸アルミ、消石灰、チタン液、木酢、ミョウバン。これ、全部媒染剤だよね。お店みたいにそろってる。それに花びらとか葉っぱとか木の根っことか、よくこれだけの材料を集めたよ。かなりの手間暇とお金を使ったと思う」

「やけに詳しいな。あんたの専門分野とは関係ないだろうに」

「そうなんだけど、少し前からある染料の開発にちょっと噛んでるんだよね。アゲハとナナフシのフンから染め粉を作るプロジェクト。あの子たち、とにかく大量のフンを生産するから、再利用できないかなと思ってんの」

なぜそういう考えに行き着くのかが謎である。広澤は納戸を見まわしながら粛々《しゅくしゅく》とメモをとっており、赤堀の気色の悪い話にも完全なる無反応だ。昆虫学者は喋りながらプラスチックの引き出しをひとつずつ見ていたが、移動した端のほうで急につんのめるように足を止めた。引き出しに貼られたラベルにじっと目を凝らしていたかと思えば、ジーンズのポケットから手袋を引っ張り出している。

「岩楯刑事、この場所って指紋は採《と》った？」

「襖の引き手とか電気のスイッチなんかは採ってるはずだな。その引き出しもだ。どうかしたのか？」

神妙な顔で手袋をはめている赤堀の横へいき、岩楯もただごとではない空気を察して手袋を着けた。

「遠山亜佐子さんは、草木染めのエキスパートだと思う。材料を見ただけでも、趣味の域を超えているのがわかるね。それにすごく几帳面。この細かい引き出しは、全部色ごとに分けられてるんだよ。たぶん、スズの媒染剤で染まる色で統一されてると思う」

赤堀は引き出しの隅を持って慎重に開け、いちばん手前に入っていたビニールの小袋を取り上げた。ラベルのシールには、ワームベリーと書かれている。

「それは？」

「コチニールカイガラムシ。カルミン酸をもつ昆虫だよ」

「これが昆虫？　なんかのタネにしか見えないが」

五ミリもないような黒みがかった楕円《だえん》の粒が、ほんの少しだけ入っている。赤堀は垂れ気味の大きな目を合わせてきた。

「コチニールカイガラムシは、天然素材のなかで燃えるような紅に染めることができる唯一の染料。植物からも簡単に赤褐色は作り出せるけど、深紅だけは絶対に作れない。大昔、アステカ人だけが抽出法を知ってた神秘の色だね」

「初耳だ。で、何がそんなに問題なんだ?」

「この虫がなぜか黄色のグループに突っ込まれてたってこと。キハダとかクワとかエンジュとか、そのほかを見てもみんなきちんと色別になってるんだよ。でも、なんでカイガラムシだけへんなとこに入ってるのかが疑問だね。亜佐子さんは色を知り尽くしていたはずなのに」

「ただの入れ間違えってこともあるだろう」

思ったことを口にしたが、鰐川が後ろから話に入ってきた。

「遠山亜佐子は、潔癖なほどのきれい好きで、几帳面だったという証言があちこちでありました。その気質から考えると、単にしまう場所を間違えたというのはちょっと違和感があります。かなり熱中していた趣味のようですし、そのあたりの整頓にはいちばん気を配るんじゃないでしょうか」

言われてみれば確かに、倹しい暮らしのなかでも趣味の染め物だけは金のかけ方が違うものだった。岩楯は真剣な赤堀の顔を見やり、少し考えてから鰐川に指紋採取の捜査員を寄こすように伝えた。

それから四人は遠山宅の軒先に出て鑑識捜査員を待っていたが、岩楯は突如として猛烈な煙草恋しさに襲われていた。疲労が蓄積しはじめているとき、ニコチンを体内に入れろとの指令が脳から出されるようだ。一度は禁煙に成功したかのように思えたものの、二十年も続けた習慣をそう簡単に変えられるはずもない。吸うことに罪悪感を覚えていたのは初めだけで、今ではずうずうしいほどの開き直りを見せている。

ペットボトルの水を呷って気をまぎらわせているところに、赤堀がなぜか忍びやかな奇妙な動きでやってきた。

「岩楯刑事、ほら、早く行ってきな。ここはわたしがごまかしとくからさ」

「なんなんだよ……」

小柄な赤堀を見下ろすと、煙草を吸うジェスチャーをして意味ありげな目配せをくれている。どこかおもしろがっているような顔が憎らしいことこのうえない。即座に追っ払っているとき、名前を呼ばれたような気がして岩楯は顔を上げた。

「おまわりさん、こっちこっち」

見れば、隣との境にあるブロック塀から飛び出したヤツデの葉がわさわさと揺れている。勝手口へ続く脇道へ行くと、塀の向こう側にある隣人宅の小窓から、シワだらけの蒼白い手が突き出されていた。

「いったいどうしました、こんなところから」

岩楯は、極端に声を潜めている隣の老婆に首を傾げた。ここは確かトイレの窓で、遠山宅の勝手口から出入りする客を目撃した場所でもある。老婆は伸び上がっているらしく、眼帯のつけられた顔をめいっぱい突き出した。

「おまわりさんに何か話してるところをご近所に見られると、あらぬ噂を立てられるじゃない？　あなたに電話しようと思ってたんだけど、いただいた名刺が見つからなかったのよ。ホントに物忘れが激しくてね」

老婆は小窓の枠を摑みながら、周りへ素早く目をやった。

「あなた方が帰ったあと、わたしは遠山さんのことをじっくりと考えてみたの。ずっとお隣さんだったし、奥さんとはわりと話すこともあったから。ああ、でも、別に事件には関係ないと思うの。昔のことをちょっと思い出しただけで」

「かまいませんよ。どんなことでしょう」

老婆は乾いた唇を舐《な》めた。

「ずいぶん前のことなんだけど、たぶん十年は経ってると思う。遠山さんとこの郵便が、間違えてうちに配達されたことがあってね。わたし、よく見もしないでうっかりお手紙を開けちゃったのよ。そしたら、病院の紹介状が入っていたの」

「奥さんと旦那さん、どっち宛でした？」

「旦那さんだったわ。神奈川《かながわ》県にあるどこか遠い病院への紹介状だったから、よっぽど具合が悪いのかしらと思ったから覚えてるの」

「病院名はわかりますかね」

岩楯は手帳を出して隣人の言葉を書き留めた。

「そこまでは覚えてないんだけど、紹介状を書いたのは駅前にある西荻窪病院の内科の先生だった。わたしもかかったことがあるけど、親切でとてもいい先生よ。それでね……」

老婆は窓枠にしがみついて、ますます声の音量を落としている。

「遠山さんに、間違えてお手紙を開けちゃったことを謝りにいったの。そのときの奥さんの様子がおかしくて……目に見えてうろたえて普通じゃなかったわ」

「病気を人に知られたくなかったとか」

「そうかもしれない。でもちょっと過剰反応だと思ったの。紹介状の入った手紙をひったくるように取って、蒼《あお》い顔ですぐぴしゃっと玄関の戸を閉めちゃってね。礼儀正しい奥さんなのに、挨拶もそこそこだったからびっくりしちゃって」

確かにおかしい。常識的に見れば、会話のなかで当たり障《さわ》りのない程度に病気には触れるだろう。紹介状を見られた以上は、隠してもしようがないことだ。夫の病気を、よほど隣近所に知られたくなかったと見える。

岩楯は隣人に礼を述べ、トイレの小窓から再び名刺を渡して玄関先へ移動した。そこへちょうど二人の鑑識捜査員が現れ、納戸の指紋採取を頼んでから遠山宅を後にした。

第二章　似通った二つの家

1

相模原《さがみはら》にある国立総合医療センターは、広大な緑地公園に隣接する古びたコンクリートの建物だった。枝ぶりのあまりよくない貧相なイチョウ並木が外来の正面口まで続き、裏手に見えるタイル張りの新館だけがやけに真新しく唐突な印象だ。来院する時間を電話で伝えていたはずだが、刑事二人は旧館の薄暗い廊下ですでに一時間以上も待たされていた。本日の診療はとうに終わっているのに、一向にお呼びがかからない。

傷だらけの腕時計に目を落とすと、もうすぐ三時半になろうとしていた。長椅子に腰かけてタブレットを操作している鰐川に目配せし、岩楯は表のバス停にある喫煙所で煙草を二本ほど吸い上げてから、眩しいほど白い新館を見物して戻ってきた。しかし、状況は数十分前と何も変わっていなかった。

「病院ほど予約の意味がない場所はない」

岩楯はぼやきながら相棒の隣に座り、緑色の非常灯が瞬く廊下の先へ目をやった。奥へいくほど薄暗くなり、不気味なほど静まり返っている。

「旧館はシミだらけのリノリウムに、ひびの入ったコンクリート剝き出しの壁。昔、廃墟になった病院で盗人をしょっぴいたことを思い出すよ」

「ここは昭和三十五年設立ですから、改装しているにしろ相当古いですね。今ネットで調べてみたんですが、さまざまな依存症の治療拠点として、日本で唯一ＷＨＯから指定を受けています。厚生労働省指定でもありますね。現在は初診予約を一時停止。診察が受けられるまで、科によっては何年も待つことになるそうです」

「それだけ依存症患者が増えているんだろうが、受け皿が少ないのは問題だな」

岩楯は軋みを上げる背もたれに寄りかかった。

事件のあった遠山家の隣人から訊き込んだ内容は事実だった。老婆の記憶はだいぶ曖昧だったが、遠山正和はちょうど十年前に荻窪の病院でここを紹介されている。カルテは残っていなかったものの、書類を作成した地元の医師が覚えていたのは幸いだった。かなり昔の話だし、事件に直接的な関係があるとも思えないのだが、なにせひと月以上経過しても遠山夫妻の生活ぶりが見えてこないのは問題だ。ここまでくると、意図して隠していたと考えたほうが筋が通ると岩楯は思っていた。

鰐川はタブレットを鞄にしまって帳面を開き、午前中の捜査会議で出た内容にアンダーラインを引きはじめた。細かく色分けされており、カラフルすぎてかえって混乱する字面《じづら》になっている。黙々と重要点を洗い出していた相棒は、何かを思い出したように顔を上げて口を開いた。

「赤堀先生が指摘した通り、あの納戸にあったケースから新たな指紋が出ましたね。かなりの数で驚きました」

ああ、と岩楯は眠気を覚ますように目頭を指で押した。

「座敷の襖やら勝手口のノブやら、そこらじゅうに指紋と足紋を残していったやつと同じ。容疑者の第一候補だ」

「染め物の材料しかない納戸をあさっていたことになります。赤堀先生が気づいたカイガラムシもそうですが、ほかのビニールの小袋からも指紋が複数出ているんですから」

鰐川は岩楯に顔を向け、角張った黒縁メガネを中指で押し上げた。

「さっぱり意味がわかりませんよ。ホシは、染め物の材料に興味をもっていたということになります」

「そうとも限らんだろ。金目のものを物色して、手当たり次第にそこらをひっかきまわしたとも考えられる。問題は、納戸からは血痕が出なかったってことだ。三人に危害を加える前に引き出しをあさってたことになるからな」

もうこうなると、犯人が遠山夫妻と顔見知りだった線、しかもかなり親しい間柄だったと解釈したほうが無理がない。つまり、亜佐子夫人も一緒に納戸にいたということではないだろうか。夫婦と客の三人が座敷で談笑しているさなかに忍び込み、何者かがそこいらをこっそり物色していたとは考えられなかった。

「遠山夫婦ともうひとりは、いったい何に首を突っ込んでいたのか。プロファイラーの広澤が言ってた連続殺人説が正しかったとしても、狙われた理由がさっぱりわからん」

「そうなんですよ。連続殺人はそれ自体を娯楽や性の捌《は》け口と考えているものと、保険金殺人のように金絡みの二つに大きく分けられます。遠山夫婦の場合、どちらにも当てはまらないような……」

「だが、プロファイラーはそうだと言い切っている。そのあたり、おまえさんは手放して賛同できるか？」

相棒はしばし考え込んで首をひねった。

「状況だけ見れば、そういう答えになってもおかしくはないと思います。ただ、やっぱり被害者との接点がわかりませんね。広澤先生は、ゆきずりのストレンジャー事件ではないと断言していますから」

「データの分析と心理学の応用から導き出した、パーセンテージの高い解なんだろう。刑事の経験だの勘だの執念だの、そういうもんをとことんまで削ぎ落とした究極体だ」

「ええ。それがプロファイルですから」

「どっちが正しいかはさておき、使わなければその分野に発展はない。まあ、おまえさんが目指すのは、なかなか険しい道だってことがよくわかったよ」

鰐川が神妙な面持ちをしたとき、急にはす向かいにあるドアが開いて白衣姿の年老いた医師が顔を出した。

「お待たせしました。すみませんね、時間がかかってしまって」

ようやくだ。岩楯は立ち上がって関節を派手に鳴らし、医師に促されて診察室に足を向けた。手狭な空間にはねずみ色の事務机が置かれ、いかにも年季の入った紙表紙のファイルが何冊も重ねられていた。足許にはひしゃげた段ボールが三個ほど積み上げられており、古びた紙の臭いを放っている。

岩栖と鰐川は、老医師と名刺を交換して錆の浮いたパイプ椅子に腰かけた。

「警察から電話をもらってから、ずっと過去のカルテをひっくり返していたんですよ。なんせ倉庫が地下にあるから行き来が難儀でね。申し訳ない」

「いえ、お忙しいところご協力をありがとうございました」

医師は頷きながら銀縁のメガネを外し、黒紐《ひも》で綴《と》じられているファイルを開いて目をしばたたいた。もう七十は過ぎているだろう。まるで折り込まれたような深いシワが眉間や口許に刻まれ、たるんだまぶたが垂れ下がってひどく眠そうに見える。しかし、眼光は鋭い。一見すると優しげではあるものの、周りを気後れさせるようなベテランの貫禄を漂わせていた。

医師はファイルに目を落としながら早速切り出した。

「通常、病院は定期的にカルテを処分しますが、ここは専門施設なので保管するんですよ。でもまあ、データ化がぜんぜん追いついていなくてね。過去のものは手つかずなのが正直なところなんです」

「お手数をおかけしました。ちなみに、この病院は依存症専門と聞きましたが」

「ええ。もともとアルコール依存の専門病棟を日本で初めて設立した病院です。今はギャンブル、薬物のほかにインターネット依存医療にも力を入れていましてね。ここ最近激増しましたよ。日本全国から患者が殺到だ」

「世界的に見ても社会問題化していますよね」

「その通り。二〇〇四年ごろから、ネットの長時間利用が原因とされる死亡が急激に表面化しました。エコノミークラス症候群、心疾患、自殺。薬物なんかと一緒で、一度のめり込んだら自力で離脱するのが難しい。それなのに、インターネット嗜癖《しへき》そのものには確立された治療法がないのが現状でね」

医師は綿毛のように頼りない白髪を撫《な》で上げた。

「まあ、今後日本も中国並みに多くの施設が必要になるでしょうな。そのために、ここでは専門家育成や研究もしているわけですよ」

頷きながらメモをとる鰐川をひとしきり眺《なが》め、老医師は咳払いをした。

「それで、遠山正和さんね。確かにちょうど十年前、二〇〇七年の九月に西荻窪病院からの紹介でわたしが診《み》ていました」

「そうですか。もちろん、何かの依存症で来院したんですよね？」

「ええ、アルコールですよ」

医師は眉間に深々とシワを寄せてカルテをめくった。

「ええと、遠山さんの場合は多臓器疾患が見られて、肝臓、食道、膵臓《すいぞう》、十二指腸にも障害が出ていました」

「かなりの重症でしょうか」

「まあ、もろもろの数値は最悪です。患者の仕事の関係上、初めは通院治療をしていたんですが、彼は過去にも断酒しては再飲を繰り返していたのでね。二ヵ月間の入院治療、行動療法、カウンセリングなんかのプログラムを実行してもらいましたよ」

「先生は遠山さんのことを覚えておられるんですか？　もうずいぶん前のことだし、患者数もかなり多いと思いますが」

岩楯は質問をしたが、老医師はため息をついて首を横に振った。

「申し訳ないが、この方の記憶はまったくない。巷《ちまた》を騒がす凶悪事件の被害者だったとは、なんと言ったらいいのかわからないですよ。もしかして刑事さんは、アルコール依存が事件に関係あるとお考えですか？」

「いえ、まだそこまで踏み込んでいません。遠山さんの情報が非常に少ない状況なんですよ。アルコール依存の治療を受けていたことも、今日になって初めてわかったものので」

医師はたるんだ頬を触りながら小さく頷いた。

「アルコールに限らず依存症はなんでもそうですが、これほど理解されにくい病気もないと思いますよ。要は本人の意志の弱さが問題だと思われる。非難ばかりでだれからも同情されませんからね」

「我々は酒や薬物絡みの犯罪にかかわることが多いので、正直に言えばそう考える側面のほうが大きいですよ。再犯率の高さも問題ですし」

「刑事さん、あなたはずいぶん率直な方のようだ」

医師は含み笑いを漏らして岩楯と目を合わせた。

「アルコール依存を放置すれば、十年で約四割が死亡します。だが依存症に陥ると、精神的にも肉体的にもそこから抜け出すのが困難になる。他人に迷惑をかけようが健康を損なおうが地位を失おうが、酒を呑むことが日々の最重要課題になるんですよ。これは、個人の人間性とは無関係のところで起きる悪夢だ」

老医師は眼瞼下垂《がんけんかすい》の目をぎらぎらと光らせた。

「厄介なのは、当人が酒で失敗を繰り返しても、それ自体を否認して助けを求めない特徴がある病気だということです。十年前にここを訪れた遠山さんも同じですよ。記録によれば、三十代から酒に溺《おぼ》れて妻に暴力を振るうことを日課にしていた」

「そんな状況でも、彼は会社を定年まで勤め上げていますよ」

「だが、会社でも毎日酒を呑んでいたと記録されている。常に一定以上のアルコールを体内に入れていないと、離脱症状が出て仕事どころではないからね」

医師は、素焼きの湯呑みに口をつけて喉を潤《うるお》した。

「日中は酒をぎりぎりに抑え、家に帰ればたがが外れて浴びるように呑んでいたんでしょうな。そして妻への暴力で罪悪感を打ち消した」

遠山亜佐子は、家庭内の問題をひとりでは抱えきれなくなったのだろう。ほとんど近所付き合いをしなかった主婦が、隣の老婆には夫の暴力をたまらず打ち明けた。病気を恥と捉え、それが表沙汰《おもてざた》になるのを恐れて細心の注意を払っていたと思われる。だから生活ぶりが見えてこない。

鰐川が医師の言葉を書き終わるのを待ってから、岩楯は質問を再開した。

「ちなみに、遠山さんは依存症から抜け出せたんでしょうか」

医師は初めて感情のこもった笑みを見せ、誇らしげに頷いた。

「依存症から抜け出すにはきっぱりと酒を断つしかない。多くの患者は量を減らせばなんとかなると考えるが、それをコントロールできるぐらいならそもそも依存症には陥らないのでね。遠山さんも過去に何度も同じ轍《てつ》を踏みましたが、二ヵ月の入院とその後のプログラムで断酒に成功していますよ」

医師は親指を舐めてカルテの束をめくった。

「奥さんがとにかく献身的だったようです。退院後のカウンセリングやグループ療法にも必ず二人で参加していたと書かれていますよ」

「最後まで見捨てなかったわけですね」

「そうです。アルコール依存症は、友達はもちろん家族にも愛想をつかされて孤独になるケースが多い。遠山さんは奥さんの存在があったからこそ、乗り越えられたんじゃないですかね」

十年前に断酒に成功したとして、今現在まで酒を遠ざけられていたのかどうかはわからない。あの家で瓶や空き缶など酒に関連するものは見かけなかったが、隠れて飲酒していた可能性もなくはなかった。妻が草木染めという生き甲斐を見つけたのは、酒の不安から解き放たれたからなのか。あるいは未だ酒に溺れる夫から逃避するためか……。

岩楯は、頭を巡らせながら口を開いた。

「ここの職員で、遠山正和さんを覚えていそうな方はいますかね」

「それはどうだろう」

老医師は分厚いカルテを机に置いて、座布団が敷かれた椅子にもたれかかった。

「遠山さんにかかわった関係者はすべて記録されているが、なんせ十年が経っているからね。患者は日々入れ替わるし、職員や療法士の出入りもかなりある。覚えている者がいるかどうか」

「お忙しいところ本当に申し訳ないんですが、まずは当時からいる職員にお話を伺いたいんですよ。それから辞めていった方も教えてください。もちろん、令状は持参していますので、ご協力をお願いします」

医師に目礼をしてから鰐川に目配せをすると、鞄から書類を出して提示した。老医師は時間をかけて令状に目を這わせ、細く息を吐き出して顔をごしごしとこすっている。降って湧いたような厄介事にうんざりしているというより、万が一、病院関係者が事件にかかわっているようなことがあれば一大事だと思っているはずだ。医師は唇を引き結んで前向きではない意思表示をしたが、すぐに回避はできないと察したようだった。

「あなた方は、病院関係者を疑っているんですか」

「病院関係者に限定しているわけではありません。事件解決のために、遠山さんにかかわりのあった人間を当たるのは当然のことですから」

「そうは言っても十年も前の話なんだ。何度も言うがね」

「ええ。先生はさっきグループ療法の話をしておられましたが、その『グループ』にいた患者と、同時期にアルコール依存で入院していた患者も教えていただきたい。先生が十年来記憶している要注意人物でもかまいません」

「何を馬鹿な！」

老医師は椅子の背もたれから体を離し、苦々しく顔をしかめた。

「まさかとは思うが、あなたはアルコール依存者を犯罪予備軍みたいに考えているわけではあるまいね。初めからそう決めつけて来たなら弱者差別もいいところだ」

「アル中だろうがヤク中だろうが医者だろうが、必要があると思えば調べるのが我々の仕事です。むしろ公平ですよ」

岩楯が正面切って返すと、医師はぐっとあごを引いて不快感をあらわにした。が、凶悪事件の捜査としてあたりまえだと納得するまで、そう時間はかからなかった。

老医師は机の上で手を組み、睨むように岩楯を見やった。

「辞めた職員や患者の今の所在はわからんよ。そこまで介入していない」

「それはこちらで調べますので、まずは今病院にいる当時の職員を教えてください。ちょっと行って話を聞いてきます。その間に先生は、カルテを選り分けていただけると助かりますよ」

「人使いが荒い」

医師は眉根を寄せてぴしゃりと言った。

「だが、それは引き受けるしかあるまい。無関係の患者情報まで警察に丸投げするのはもってのほかだからな」

「そうおっしゃると思ったので、先生にお願いしたんです」

医師は岩楯と目を合わせたまま、これみよがしなため息をついた。

「ともかく、くれぐれも扱いには注意してもらいたい。依存症患者は、ほとんどの場合それを公言していない……いや、できないものだ。理由はさっき言った通りで、世間一般が病気だと認知していないからだよ」

「ええ、わかります」

「落伍者のレッテルを背負って生きづらさを味わっているうえに、事件容疑までかけられたんでは、あまりにも気の毒だからな」

医師はメガネをかけて二人の刑事と順繰りに目を合わせた。抑制された表情には鳥肌が立つほどの風格があり、この男の生き様が見えるようである。何十年もの間、依存症患者と真正面から向き合い、どんな状況でも公正な目を向けてきたのだろう。自分とは器が違いすぎて、尊敬という言葉しか浮かばない人間だった。

それから岩楯と鰐川は、遠山正和と接点のあった職員から話を聞いてまわった。看護師も含めた八人は、医師同様まったく何も覚えてはいなかった。写真を見せても一様に首をひねるばかり。もしかして有力情報が得られるのでは……という期待がなかったといえばうそになるが、当然と言えば当然の結果だった。ここは依存症治療の拠点であり、全国から救いを求めて患者が殺到しているのだから。しかし、逆を言えば、遠山正和は模範的な患者であり、人といざこざを起こすような問題もなかったということだろう。表立って恨みを買うような挙動はないように思われる。

二時間ほどかけて全員から話を聞き、刑事二人は急ぎ足で旧館に舞い戻った。夕方の六時をまわり、窓から差し込む茜《あかね》色の夕陽が辺りをノスタルジックに染めている。このときばかりは、陰気臭い院内も情緒的だった。引き伸ばされた自身の影を踏みながら廊下を歩き、診察室をノックして声がしたと同時に戸を開けた。

事務机の脇で中腰になっていた医師は、メガネの上から二人の刑事をじろじろと見まわした。

「くたびれ儲《もう》けだったと顔に書いてある」

岩楯は、意外に茶目っ気のある医師に笑いかけた。

「先生に隠し事はできませんね。カルテのほうはどうですか」

「二〇〇七年の九月と十月に入院していた患者と、グループ療法で遠山氏と面識があると思われる者。それらを抜き出したよ。病棟の同室だった者が五人、その他が二十一人だ」

岩楯はざっと確認するよう鰐川に指示し、医師に向き直った。

「本当にお手数をおかけしました。コピーをとり次第、すぐに原本は送り返しますので」

老医師はむっつりとして頷き、どすんと背もたれつきの椅子に腰かけた。

「今さっきネットのニュース記事を読んだんだが、遠山夫妻の遺体はまだ見つかっていないらしいね」

「ええ、その通りです」

「部屋が血まみれで指が切断されていたというのも事実だろうか」

岩楯は無言のまま首を縦に振った。老医師は銀縁のメガネを外して、窓から見える中庭に目を細めた。

「生理学的には、酒は三日もあれば体から抜ける。離脱症状が抜けるのに約七日間。だが、アルコール依存者が飲酒した場合、代謝物《たいしゃぶつ》がドーパミンと結合してテトラヒドロイソキノリンという物質ができるんだ。これはモルヒネによく似ていて、薬物中毒と似通った病理現象を引き起こすことで知られている」

　確認作業をしていた鰐川は、一旦それを中断して医師の言葉をノートに書きつけた。

「アルコール依存症は治癒しない。たとえ何十年断酒しても、ひとたび呑みはじめればあっという間に元通りだ」

「我々が酒を呑むのとはわけが違うと？」

「そういうことですよ。酒を代謝するためにヒトはさまざまな物質を作り出すが、連続した強度の飲酒経験者は、そのプロセスが特殊なものになる。つまり、アルコール依存者は脳内に負の回路が出来上がってしまうんだな」

「なるほど。ちなみに先生は今、アルコール依存者の事件関与を仄《ほの》めかしていると思っていいですか」

　岩楯が脚色なしに問うと、医師は顔の前で節くれ立った手をひと振りした。

「間違っても想像だけでそんなことは言えんよ。だが、指だけを残して遺体を持ち去るなんてのは、普通の感覚ではないと思ってね。そうする理由がある。理解を超えた奇行に見えても、やった当人にしてみれば筋の通った理由があるんだな。アルコールとは限らんが、強度の依存症では珍しくないと思っただけだよ」

依存症の専門医師として、そういう常軌を逸した場面をたびたび見てきたということだ。病気を通じて遠山正和と知り合った何者かが断酒に失敗し、凶行におよんだという可能性が頭をよぎっているらしい。そのあたりを詳しく聞きたかったが、老医師はうっかり口を滑らせたことを後悔するように、歯切れの悪い答えを繰り返しただけだった。

それから刑事二人はカルテの確認をおこない、相模原の病院を出たときには生ぬるい夜が町を包んでいた。

2

七月七日の金曜日。

三十人体制で始まった捜査本部は、増減を繰り返して今は二十人にまで縮小していた。複数の事件を掛け持ちしている捜査員も多く、西荻窪署の会議室は空席だらけで先週よりも広々として見える。ほとんどなんの進展もなく、会議の内容はそれぞれの班が知り得た事実を発表するのみ。冷房の効きすぎた室内には、焦燥《しょうそう》のほかに諦《あきら》めにも似た空気がわずかながら顔を見せはじめていた。

　捜査員の士気を高めようとする上役の叱咤激励《しったげきれい》が、いささか空まわりしている。そんな重苦しい会議が終盤にさしかかったとき、前のほうに腰かけていた捜査員が手を挙げて立ち上がった。

「犯罪心理学者のほうから、事件についての分析報告が届いていますので、代理で読み上げたいと思います。かいつまみますんで、あとはそれぞれで資料を読んで参考にしてください」

　その発言を聞くなり、だれかが小声で「プロファイラー……ね」と茶化すような合の手を入れた。

「ええと、七月五日に犯罪心理学者が現場を検分しています。残されたブツ、現場の状況、凶器、計画性の有無など百以上の項目を分析した結果、以下の予測をされました」

　捜査員は一旦言葉を切り、大きく息を吸い込んだ。

「ホシは二十から三十歳の男性、独身。無職、アルバイトまたは家族の仕事を手伝っている。都内在住。学歴は高卒または大学中退。同性の友人は皆無だが、過去に恋人がいたことはある」

「ちょっと待て。いったい、あの現場のどこを見たらそんな予測に行き着くんだ」

ホワイトボードの脇に座っている西荻署の刑事課長が、渋面《じゅうめん》で腕組みをした。

「単なる印象どころか、そんなものは根も葉もない空想だろう。根拠もへったくれもあったもんじゃない」

「ああ、根拠については、資料の中に入っていますということです。ええと、過去の犯罪統計をデータベース化して、類似点などから割り出していったと」

「要は人間の行動を画一化しているということだろ？　それ自体が眉《まゆ》つばものだし、根拠になりようがない。星占いみたいなもんだ」

会議室にはさざ波のような笑いが広がった。岩楯の隣では鰐川がうずうずとして、発言を押しとどめるのに苦労しているようだ。課長はねずみ色の硬そうな髪をかき上げ、攻撃の手を緩めなかった。

「だいたい、これほど扱いに困るものはない。しょっちゅう出されるプロファイルは裏を取りようがないうえに、捜査陣とは食い違いすぎて唐突だ。参考にったたって、それを基準に動けない以上、何もないのと一緒だろう」

「まあ、我々は通常と同じでいいんじゃないでしょうか。犯罪心理学者がプロファイルを出してきた。その事実があるということで」

「そうする以外にはない。そもそも、欧米と日本では文化差がある。向こうで開発されたプロファイルが日本で通用するものだろうか。犯罪の質が明らかに違うんだぞ」

災難にも報告を委託された小太りの捜査員は、苦笑いを浮かべながら課長に同意を示していた。

西荻署の刑事課長はこの手のものをよほど毛嫌いしているらしく、黙って流すということができないようだ。岩楯も今まではプロファイルというものを話半分にしか聞いていなかったが、広澤に会って少しだけ考えが変わっている。この不確定なプロファイルというアプローチが、どこまで捜査に通用するのかに興味が湧いたと言ったほうがいいだろうか。それに日本の犯罪データを用いて研究開発している以上、単なる欧米の受け売りではないと思われる。

小太りの捜査員は咳払いをして、さっさと報告を終わらせるべく声の音量を高めた。

「ええと、今回、犯罪心理学者が出したいちばん重要な項目は、目下捜査本部が進めている強盗殺人の可能性はゼロに等しいということです」

「なんだって？」

頬杖をついていた課長は顔を撥ね上げた。とたんに会議室がざわつき、みな一斉に書類をめくってプロファイラーの報告に目を走らせる。代理の役を負わされた捜査員は、面倒事をさっさと終わらせてしまおうと急ぐように言葉を送り出した。

「ええ、静粛に。分析室は、ホシが過去にも殺人を犯している可能性を示唆しています。いや、示唆というよりも断言に近い書き方ですね。今回のヤマと同じような犯罪現場が過去にもあり、未解決でホシは挙がっていないはずだと」

「何をぬかしてるんだ」

課長が鼻を鳴らしたが、捜査員は口出しされる前に素早く先を続けた。

「この分析に基づいたとみられる事件資料がいくつもつけられています。すべて二十年以上前の未解決事件ですね」

二十年以上前？　岩楯は急いで書類を繰り、広澤が見つけ出してきたという未解決事件の報告書で手を止めた。全部で八件。犯行は過剰殺傷で体の一部が切断されているものもあり、どれも家が血まみれになるほどのひどい事件だ。そして、この八件は被害者になった人間が姿を消して未だ発見されていないという共通点もあった。おそらく殺害され、どこかへ遺棄されたのだろうと思われる。

岩楯は、クリップで綴じられているそれぞれの現場写真のコピーを見つめた。どれも激しく争った形跡があり、椅子やテレビ、カラーボックスなどがひっくり返っている。現場だけを見れば、確かに遠山の事件と似通っているものばかりだった。隣では鰐川が、書類に目を落としたまま顔を引きつらせている。

「どれも不気味なほど似ていますね。でも、広澤先生は、これが全部同一犯の仕業と言っているわけではないと思います」

相棒は書類を繰りながら言った。確かに現場の状況だけを見れば似ているが、決定的に違うところがある。それは、どの事件も犯人が現場に物証を残していないということだ。岩楯は、現場で採取された微物一覧に目を通した。疑わしい指紋がひとつもないのは手袋をはめていたからだろうし、ざっと見ただけでも犯行に計画性が窺《うかが》える。一方で遠山の現場は、隠す必要がないと言わんばかりにさまざまな微物がそのまま残されていた。

その齟齬に気づいたらしい鰐川は、どこか納得したように小さく頷いた。

「おそらく広澤先生は、秩序型と無秩序型の合わさった混合型に当てはまる事件を洗い出したんだと思います。ある種の計画性と行き当たりばったりが混じった現場ですね。血まみれでひどいありさまなのに、なぜか遺体だけを持ち去って遺棄している」

「そうだが、この事件は全部、現場にブツを残すことの危険性をわかっている人間の犯行だ。警察を意識してるんだよ。根本的に、遠山の件とは違う」

そうは言っても、過去の事件は犯人のＤＮＡを抽出できる物証がひとつも挙がっていない以上、照合は不可能であり今回の件と違うとは言い切れないのも事実だった。ほかの捜査員も手許の書類を凝視し、もはや軽口を叩くことすら忘れている。確かに類似点が多いのは認めるが、どれも二十年以上も前に起きた事件なのだ。今さらそんな前のものを挙げ連ねてくるとは、さすがに岩楯も理解に苦しんだ。

何度となく報告書を読み返しているとき、前方で課長がうなり声を上げた。

「状況の一面だけを切り取れば、どれも似ているところがあるのは認める。データ上ではこの八件がヒットしたということだろうな。だが、プロファイラーが割り出した犯人像は、二十から三十歳の男だぞ？　だとすれば、これらの未解決事件が起きたときは七歳以下ということになる。自分で自分のプロファイルを打ち消してるのと同じだよ」

「これらの事件の模倣《もほう》という線もあるのでは？」

鰐川がいきなり場をわきまえずに声を上げた。どうやらこれ以上、尊敬する広澤が小馬鹿にされることが耐えられないと見える。課長は真正面から目を合わせてくる部下をそっけなく見やり、書類を掲げてばさばさと振った。

「いいか？　プロファイラーは、ホシが過去にも殺しをやっているとほぼ断定してるんだ。そして二十年以上も前の似た未解決事件を八件も探し出してきた。もう、数打ちゃ当たるといった感じだな。模倣の可能性にはひと言も触れていないところを見ると、自分の矛盾点にはまったく気づいてないんだよ」

いくらなんでもそれはない。その点についてだけは、岩楯は広澤の肩をもつことにした。プロファイルの信憑性や的中率はほとんどよくわからないが、理詰めで分析をする広澤が矛盾点を放置するわけがないからだ。たった一度会ったきりだが、その程度のことは容易に想像ができる人間だった。岩楯は、あえて矛盾した分析を出してきた可能性を考えている。

「ともかく」

課長は腕時計に目を落としながら話を押し進めた。

「これらの未解決事件の扱いは、岩楯班に一任する」

「了解ですよ」

そうくるとは思ったが、岩楯は疲労を感じながら浮かない声を出した。予定にない仕事もいいところだし、責任や判断ともども丸投げされた恰好だ。課長はなおも続けた。

「あと、遠山家がある事件現場の寺川町《てらかわちょう》だが、町じゅうのゴミを集めて検証することに決まったからな」

その言葉と同時に、会議室のそこかしこで細いため息が吐き出された。

「ホシのものと思われる毛髪、足紋、指紋、ＤＮＡは全部こっちの手許にそろっている。もし近辺に住む者の仕業なら、ゴミを調べれば一発で足がつくだろう。可燃、不燃にかかわらず、すべてを選り分けてラベリングしたうえで科研にまわす。詳しいスケジュールと役まわりは明日には出るからな」

事件発生からひと月以上もかけて進展がないのだから、そこを当たるのは妥当だ。実際、このローラー作戦で被疑者特定にまでこぎ着けた案件も少なくはなかった。が、夏場のゴミあさりは、あらゆる面において想像を絶する。ここにいる者はだれよりもそれをわかっていた。

「それと、防犯カメラは引き続き洗い出してくれ」

課長は室内を見まわしてから唐突に会議の終わりを告げ、椅子から腰を浮かせかけた。そのとき、先ほど広澤のプロファイルを代理報告した捜査員が慌てて声を上げた。

「すみません、まだ一件残っています。これも代理報告です。法医昆虫学者からで」

「法医昆虫学者だ？」

刑事課長はうんざりしたように語尾を上げ、思い切り眉根を寄せた。

「これも例の捜査支援分析センターだよな？」

「捜査分析支援センターです」

即座に訂正され、課長は忌々《いまいま》しげに手を振った。

「どっちでもかまわん。さっきのプロファイラーと同じ所属だろ？」

「はい、そうです。行きがかり上、こっちも頼まれたんですよ」

小太りの捜査員は、課長に合わせてさも迷惑そうな顔を作った。

赤堀は、本採用により基本的に捜査会議には出席できなくなった。理由は必要ないという端的なもので、科研も出席しないことを考えれば当然だと言える。おそらく今後も例外は認められないだろう。赤堀が目指していたのはこんな縛りではないはずだが、警察組織に組み込まれた以上、そのなかで地位を確立するしかないのが実情だ。

立ち上がった捜査員は、額にハンカチを押しつけた。

「ええと、法医昆虫学者の報告です。現場に残された指のうち、身元不明男性のものについて。ウジ虫による損傷具合が、遠山夫妻よりも若干少ない……ということがまとめられて資料も添付されています」

「だから？」と課長は不機嫌を隠さずに問うた。

「法医昆虫学的見地から三人の指が切断されたのは、六月一日の午後三時から四時の一時間。ええと、これは間違いない事実であるが、もしかして、切断された状況になんらかの違いがあったのかもしれない、と結んでいます。現場検分では特に何も見つからなかったからと」

課長は、豊かな白髪混じりの髪を手荒にかき上げた。

「ガイ者の指が切断された日時を、これほどピンポイントに絞り込める技術が本当にあるとすれば、なんで今まで法医昆虫学とやらが注目されなかったのか。多少の実績があるにせよ、まだまだ成熟していない分野ということだろう」

「解剖医が出した推定とは十日前後の開きがありますね。これは誤差の範疇《はんちゅう》でもないし、しかも三時から四時の一時間に限定ですから、人知を超えていると言うほかありません」

「完全な虫懸かりだし、そりゃ人知は超えてるな」

岩楯がぼそりと言うと、隣で鰐川が噴き出し咳払いでごまかした。課長はたびたび腕時計に目をやり、書類やファイルを雑にまとめながら立ち上がった。

「別段捜査に必要のない情報を、わざわざ会議に挙げてこないように注意すべきだな。まったく、捜査支援分析センターが聞いて呆れる。かえって現場が混乱するだけだ」

苛立《いらだ》ちまぎれにまた間違った所属名を言い捨て、課長は今度こそ会議の終了を告げて部屋から小走りに出ていった。

成熟していない分野というのも、現場が混乱するというのも決して言い過ぎではない。しかし、育てるべき分野であることは事実だと岩楯はずっと思っている。今だけを見て結論を急ぐやり方では、金の卵を産む鳥をみすみす野に放つのと同じだ。このままの中途半端な状況が続けば、いずれ赤堀は拠点を海外へ移すだろうと岩楯は思っている。法医昆虫学を存分に活かせるのは、どう考えても向こうだった。

それから岩楯は班の者を呼び寄せ、相模原にある専門病院でのことをざっと説明した。十年前、遠山正和は深刻なアルコール依存に陥っていたことと、同時期に入院していた患者を洗い出したいということだ。すると予想通り、西荻署勤務の捜査員のひとりが疑問を口にした。

「十年前に遠山が何かの恨みを買っていたとして、今さら手にかけようと思うものでしょうかね。積年の恨みを晴らそうとするなら、確実な計画を立てそうなものです。妻はともかく、居合わせた客まで巻き込んであの惨状ですから」

「ごもっともですよ、そのあたりが知りたいんです。医者が寄こした患者と医療関係者のリストのなかに、不審なやつがいないかどうか」

岩楯が言うと、鰐川が付箋だらけの帳面を開いて指を走らせた。

「遠山宅の隣人が、勝手口からたびたび人が出入りするのを目撃しています。もしかして、入院仲間と今でも関係が続いていたとも考えられますね」

「そこなんだよ。指を落とされた身元不明の男も、その仲間だったのかもしれない。だとすれば、被害者もホシもこのリストのなかにいる」

岩楯が机に書類を滑らせると、四人の捜査員たちはどう言ったらいいのかわからないような顔をした。遠山正和の交友関係を徹底的に調べ上げているだけに、怨恨《えんこん》事件に巻き込まれるような人間性ではないと結論を出しているのだろう。それよりも、捜査本部が出した物盗りの線を買っている。家じゅうを派手に物色されているのに、あまりそこへ目を向けない岩楯を疑問視しているのはわかっていた。

「とにかく、当時の患者の居所を割り出してください。越している者もいるはずなんで」

四人は歯切れ悪く「了解」と頷き、机からリストを取り上げて振り分けをしはじめた。

3

岩楯は書類で膨れ上がったファイルに新しい資料をむりやり綴じ込み、鰐川と連れ立って会議室を出た。

「プロファイラーが見つけてきた八件の事件を当たる。しかし、このタイミングで厄介なものを出してきたもんだ」

「さすがに、二十年以上も前の事件は当たらなかったですからね」

二人の刑事は薄暗い階段を駆け下り、やけに人の多い一階フロアを突っ切った。免許変更やもろもろの許可申請にきた近隣の住人らしい。人を避けながら正面玄関から外へ出ると、今度は体に重くのしかかるような暑さと排気ガスにむせ返った。

今日も腹立たしいぐらいの快晴で、まだ午前十時過ぎだというのに灼けたアスファルトが地熱を放っている。鰐川が歩きながらリモコンキーを押すと、脇に駐められているマークXのハザードが瞬《またた》いた。シルバーの車体に太陽が照り返し、辺りの気温を押し上げるのにひと役買っている。蒸し風呂のような車に乗り込んで鞄を後部座席へ放るのと同時に、相棒はエンジンをかけてクーラーを最強にした。

「八件のうち、杉並《すぎなみ》の現場から順にまわります」

鰐川はナビに住所を次々と設定した。

「遺族が現在も事件現場に住んでいるかどうかはわかりませんが、まず電話を入れたほうがいいでしょうか」

「ああ。迷宮入りさせたうえに、今になって別件で浮上だ。アポなしで訪ねるわけにもいかないだろう」

小刻みに頷いた相棒は、資料を見ながらスマートフォンに番号を打ち込んだ。八軒すべてにかけた結果、連絡がついたのは半分の四軒。残りは留守らしく応答がない。電話のつながった四軒はみな事件当時とは電話番号が変わっており、全員が家を引き払って地方へ越していた。電話で当時のことを問うても、戸惑いが先行してみな一様に口が重い。少なからず警察への不信感もあるようで、手許にある報告書以上の話にはならなかった。

それから二人は、都内にある残りの家を順繰りにまわることにした。杉並の現場をはじめ三軒は事件後も同じ場所に住み続けてはいたが、二十数年前の面影もないほど家は小綺麗に改築されている。が、ここでも目ぼしい情報はなく、何より事件の当事者遺族はみな死亡しており、身内に家が引き継がれていた。当然、当時のことを問うても核心的な言葉が返ってくることはなく、遠山夫妻を知っている者も皆無だった。

二人の刑事は昼食を摂ったあと捜査車両に戻り、同時に深いため息をついた。今さっきニコチンを補給したばかりだが、また煙草が吸いたくてしようがない。岩楯はペットボトルの水をがぶ呑みした。

「どれもこれも望み薄だ。ともかく、帰ってから事件発生当時の調書を細かく当たるしかないな。とんでもない量だぞ。今さら家を訪ね歩いたところで、新しく何かがわかる気がしない」

「正直、何に的をしぼって詰めたらいいのかわかりません」

鰐川が珍しく弱音を吐いた。

「当時もさんざん捜査されたヤマだ。まったく、プロファイラーも面倒なものを出してきやがって。本来なら素通りするところだぞ」

「広澤先生は、ここまで限定したものを会議に挙げたことは今までなかったはずです。自分もちょっと驚いてるんですよ。若干、プロファイルの域を出ているような……」

「若干どころか、大幅に出てるだろ。これは予測の域を超えすぎだ」

労力を割いても不発に終わる予感しかなく、口を開けば文句しか出ない。岩楯は重苦しい目頭を指で押し、最後の報告書に目を落とした。一九九四年に足立区《あだち》で起きた事件だ。民家の一室が大量の血で汚れ、その家の妻と客の女性が行方不明だと記されている。現場には、それぞれの足の小指が残されていた。

岩楯は書類に顔を近づけ、細かい活字に目を走らせた。捜索に出た警察犬が市道の先で足を止めて動かないことから、何者かが車で運び去った線が濃厚とされていた。現場には多くの物証が残されていたにもかかわらず、どれも被疑者には結びつかずに迷宮入りを余儀なくされている。

「次の現場は足立区の竹の塚《たけのづか》です」

鰐川はそう言い、資料を見ながらスマートフォンに番号を打ち込んだ。耳に当ててしばらく待ち、終了してかけ直すことを三度ほど繰り返している。そして首を横に振りながら岩楯に向き直った。

「事件第一発見者の夫、橋爪修一《はしづめしゅういち》は事件当時四十歳。現在は六十三です。存命かどうかわかりませんが、電話にはまったく出ませんね。固定電話の番号は生きているようですが、もしかして契約者が変わったのかもしれません」

「とりあえず役所に行ってくれ。住民票を確認する」

了解、と言った鰐川は口に飴玉を放り込んでから、緩やかに車を発進させた。岩楯は盛大に風を送り出してくるクーラーを弱め、広澤が挙げてきた報告書を再び見返した。自宅から、血痕だけを残して忽然《こつぜん》と消えた妻は当時三十五歳。専業主婦で、ボランティアや町内の役員などを務める活動的な女だったらしい。その明るさから友人も多く、また信頼も厚かった。現在の被害者、遠山亜佐子とは正反対の人となりだ。事件に巻き込まれるような背景がなかったことから、怨恨や異常者の線は捨てて警察は強盗殺人での捜査をおこなっている。第一発見者の夫は、警備保障会社の代表取締役社長と記されていた。

「二十三年前の未解決事件は、今回の捜査本部と同じ道をたどってるな。強殺一本にしぼってる。まあ、中小とはいえ亭主は会社社長だし、資産もそれなりにあったからな。現に簞笥預金の八百万と通帳、それに貴金属類がなくなってる」

「完全に金目的ですね。だとすれば、当時の捜査本部は現場に残された足の指をどう解釈していたんでしょう」

「金目の場所を聞き出すために、ホシが鉈《なた》のような凶器を振りまわして妻と客を拷問《ごうもん》したっつう解釈だよ」

鰐川は、比較的空《す》いている環七《かんなな》を直進しながら助手席をちらりと見やった。

「それは無理があると思います。いきなり鉈を持った強盗に押し込まれたら、普通は恐怖のあまり素直に金を渡すはずです。女性二人でどうにかできるわけがない」

「まあな。百歩譲って交戦したんだとしても、俺だったら指を落とされる前に口を割る。だが、派手に争った形跡があるのも事実だ」

岩楯は写真のコピーに目を落とした。出血量は遠山宅よりも若干少なく見えるものの、重傷には違いない。客間らしき和室の襖は外れ、踏みつけられたようにひどく破れていた。妻と一緒にいた女はＤＮＡや指紋の登録もなく、行方不明者リストにも載っていなかったようだ。二十三年経った今現在も身元はわかっていない。

「今回のヤマに近いが、ホシの痕跡がないことが決定的に違う。凶器も見つかってないしな。事件が起きたのは年末で、亭主がちょうど忘年会だった日。夜中の三時近くに帰宅して、血まみれの座敷を見た」

「ちなみに夫のアリバイはありましたよね」

「完璧だよ」

岩楯は書類をめくって細かい文字に目を細めた。

「その日は妻に送り出されて午前八時半に出社。日中は仕事に勤《いそ》しみ、夕方から忘年会のために居酒屋へ移動。社員十三人が朝からずっと一緒だったと証言している。飲食店とタクシー運転手からの裏も取れてるんだし、亭主はシロだろう」

岩楯は、また書類を何枚かめくった。

「解剖医は、足の指が切断されたのは、通報から五、六時間前だと推測。冬ってこともあるが、腐敗の兆候はほとんどなし」

「事件が起きたとき、夫は忘年会の真っ只中ですね」

「ああ。亭主がいないときを狙った顔見知りの犯行との見方が有力だったが、とにかくまるっきりホシが浮かび上がってこなかったヤマだ。結局、妻ともうひとりの女は未だに見つかっていない」

岩楯はファイルをぴしゃりと閉じて、ドアポケットに突っ込んだ。鰐川は難しい面持ちのまま板橋《いたばし》区本町《ほんちょう》のランプに車を滑らせる。

「さっき報告書をざっと読みましたが、事件当日、別の部屋で子どもが寝ていたんですよ。一歳二ヵ月の赤ん坊です」

相棒はまっすぐ前を見ながら細く息を吐き出した。

「起きてこなかったのは幸いですよ。でも、幼くして母親を奪われ、犯人は今も捕まらないまま。事件を知ったのはいくつのときだったのか」

「今は二十四歳。生きてればな」

岩楯の言葉に苦々しい顔でウィンカーを出し、鰐川は首都高中央環状線へステアリングを切った。

遺体、または危害を加えた二人の女を、だれにも気づかれずに運び去るのは容易なことではない。しかし、この竹の塚の事件も家の外で血痕が見つかっており、車を使ったのは間違いないと結論づけられている。遠山宅もそうだが、なんのために運び出したのか。岩楯には、この根本がまったくわからなかった。

道は混みはじめたが車はスムーズに流れ、足立区役所まで三十分もかからずに到着した。事情を説明して戸籍謄本と住民票を閲覧すると、橋爪修一は転居せずに事件のあった家で暮らしていることがわかった。その後再婚もせず、当時一歳だった娘は妻の両親と養子縁組されている。ここまでに訪れた家もそうだが、事件をきっかけにして、人生が大きく変わってしまっていた。

それからすぐに役所を後にし、伊興《いこう》六丁目にある橋爪宅へ向かった。道は細く蛇行し、昔からの住宅と新しいアパートが無秩序に入り混じっている。鰐川はナビに従いながら細々と道を折れ、到着の音声と同時に車を停めた。

フロントガラスの向こう側では、巨大なクヌギの木が家々を飲み込むような格好で枝葉を広げている。岩楯は車のガラス越しに大木を見上げた。優に十五メートルはあるだろう。相当の樹齢だ。ごつごつとした樹皮は苔《こけ》むし、古ぼけた注連縄《しめなわ》がかけられている。

「神木《しんぼく》だな」

「ものすごい迫力ですね。アスファルトを割って道路にせり出してますけど、さすがにこれは伐採も移動もできないでしょう」

「そんなことをしようもんなら、かかわったやつが次々に怪死する」

そう言ってドアを開けたとたん、聴覚がおかしくなるほどのセミの声に岩楯は首をすくめた。高音と低音、そこに抑揚も加わって辺りの空気を荒々しく揺さぶっている。頭の中がひっかきまわされるほどの音量だ。岩楯は車を降りて、半ば睨みつけるように神木を仰いだ。

「セミどもの巣だ」

声がかき消されるほどの勢いがある。よく見れば、神木の幹にはおびただしいほどの抜け殻がへばりついていた。地面には、セミの幼虫が這い出てきたと思われる穴が無数に口を開けている。

「ここらの住人はよく平然と住んでられるな。夏じゅうこの騒ぎでは、受験生もたいへんだろ」

「大丈夫です。人というのは慣れる生き物ですから」

鰐川が広い額をてからせながら頷いた。

「橋爪氏の家はちょうどこの裏側です。路地の突き当たりですね」

「警察犬が臭いを追えたのは、この木までだったよな」

「そうです。血痕もこの辺りで発見されました。路地には車の乗り入れができるほどの広さがありませんから、自分たちと同じく車をここに駐めて、遺体を運んだということでしょう」

相棒が指差す方向へ歩きはじめた。この大木が一本あるだけで、ほかより二度ぐらいは気温が低いのではないだろうか。風が吹くたび、深い緑色の葉が波のようにざわざわと揺れる。今さっきまで煙草が恋しかったが、青い匂いが気分を一新させてくれた。

やかましさと心地よさを同時に味わいながら、くすんだ民家が並ぶ路地へ二人は足を進めた。しかし、のんびりとしていられたのも束《つか》の間《ま》だ。岩楯は突き当たりにある家の前で足を止め、しばし呆然と屋敷を見つめた。

「すさまじい既視感だな」

「はい」

そう言ったきり鰐川は口をつぐんだ。白茶《しらちゃ》けた苔がブロック塀に貼りつき、外されて久しい表札の跡だけが変色して残っている。その奥に見えるのは、木造平屋の古びた日本家屋だ。岩楯は一歩進み出た。平屋で雨ざらしになった縁側の木材が、ところどころ朽ちてささくれ立っている。この暑いのに閉め切られた雨戸が、まるで一切の訪問者を拒んでいる意思表示に見えた。空き家かと思うほどの様相だが、庭には最近むしられたとおぼしき雑草が小山になって干からびている。雑然としているが、人の気配はあった。

「遠山の家を彷彿《ほうふつ》とさせる」

「似てますね。きっと、間取りも似たようなものだと思います。昭和の古い平屋の家は、だいたいこんな感じなんでしょう」

鰐川はスマートフォンを出して写真を撮り、そのままリダイヤルした。耳に押し当ててしばらく待ったが、あいかわらず応答はない。

「留守ですね」

通話を終了したとき、後ろから声がして二人の刑事は同時に振り返った。

「あの、どちらさまですか？」

ショートカットのよく似合う中性的な顔立ちの女が、二人の男を交互に見くらべている。リクルートスーツのような暑苦しい身なりをして、両手にスーパーの袋をぶら下げていた。岩楯はシャツのポケットから手帳を抜き出し、鼻の頭に汗を浮かべている彼女に提示した。

「警察のものです。ええと、もしかしてあなたはこの家の方ですか？」

あらためて聞く必要がないほど、先ほどまで見ていた被害者写真の女にそっくりだ。事件当時に一歳二ヵ月だったこの家の娘だろう。母親の面影が妙に切なさを誘ってきた。

彼女は警戒したように手帳を見まわしてから、岩楯と目を合わせた。

「わたしはこの家の娘です」

確か詩織《しおり》という名前だったか。岩楯は手帳をしまいながら娘に笑顔を向けた。

「お父さんに用があって来たんだけど、どうやら留守みたいですね。電話の応答がないんですよ。何時ごろ戻られるかわかりますか」

詩織は刑事と家を目で往復して、短いため息を漏らした。

「父は家にいると思いますよ。電話が嫌いで出ないんです」

「ああ、そうだったんですか。失礼ですが、あなたはここに住んでいる？」

「いえ、わたしは社員寮に住んでます。保険の外交をやっているので、時間を見てたまに食料を運んであげてるんですよ。父は出不精でもあるから」

彼女ははにかみながら、スーパーの袋を上げて岩楯に見せた。なるほど、悲惨な事件を乗り越え立派に育ったようだ。少しだけほっとし、岩楯と鰐川は詩織について家の敷地に入っていった。玄関を解錠し、滑りの悪くなった格子戸を揺すりながら開ける。そして中に入るやいなや、彼女はいきなり大声を張り上げた。

「お父さん！　食料、ここにおいてくからね！」

二つの袋を上がり框にどすんと置き、またすうっと息を吸い込んだ。

「あと、お客さんが来てるよ！　もういい加減に起きなって！」

まるで引きこもりの息子を、部屋から引きずり出そうという母親だ。詩織は振り返り、ポケットから出した名刺入れを開いた。一枚抜いて差し出してくる。

「もし何かあったらお電話ください。たぶん、父と連絡がつくのはわたしぐらいだからですよ。困ったことに、ここのところ昼夜逆転してるみたいなんですよ」

「そうですか。すみませんね、何から何まで」

岩楯は、年齢以上にしっかりしていそうな詩織を微笑ましく眺め、自分の名刺も抜いて彼女に渡した。

そのとき、光の全く入らない真っ暗な廊下の奥から、白いTシャツを着た男がのそりと現れた。岩楯は、その姿を見て少しばかり驚いた。六十三だったはずだが、八十と言われても納得するほどの風貌だ。眼孔や頬骨が浮き立つほど痩《や》せこけ、太陽を満足に浴びていないのがわかるほど病的に蒼白い。薄い白髪は寝癖でくしゃくしゃになっており、クモの巣のように頭にまとわりついていた。

橋爪修一は外の眩しさに目をしばたたき、がに股で玄関先まで歩いてきた。

「どちらさま?」

「お休みのところすみません。警視庁の岩楯と申します」

手帳を見せると、橋爪は「警視庁?」とつぶやいたきり固まったようにじっと目を凝らした。しばらく身動きせずに手帳と相対していたかと思えば、のろのろと顔を上げて娘に目を留める。

「買い物してきたから、すぐ冷蔵庫に入れて。わたしはもう行かなくちゃ」

「……ああ」

あいかわらず寝ぼけたような返事をして、大儀そうに袋を取り上げている。詩織は刑事二人に会釈《えしやく》して踵《きびす》を返し、父親は緩慢な動作で食料を台所らしき部屋へ運んだ。

なんというか、気の毒になるほど覇気がない。寝起きということを差し引いても、刑事の訪問で事件当時を思い出しているのは明らかだった。台所のほうから水の流れる音が聞こえ、かなりの時間が経ってからチェック柄のシャツを引っかけた橋爪が戻ってきた。顔を洗ったようで、わずかながらしゃきっとしている。

「突然ですみません。何回かお電話したんですが、お休みになっていたようで」

岩楯が弁解がましく言うと、橋爪は曖昧に目を泳がせた。少し考えるような間を取ってから戸口の脇に手を向ける。

「散らかってますけどどうぞ」

襖を開けて座敷に入り、盛大な音を立てて雨戸を開けている。岩楯は鰐川に目配せし、靴を脱いで客間に入った。

遠山宅と同じく八畳ほどの和室は、襖で仕切られた隣室がある。岩楯は、二十三年前に血まみれだった座敷に目を走らせた。年代物のブラウン管テレビと木目調のテーブルは、当時の現場写真にあったものと同じだ。茶箪笥や人形などはなくなり、電気の笠は取り払われて蛍光灯が剝き出しになっている。橋爪が言ったように散らかってはおらず、むしろ掃除が行き届いた清潔な部屋だった。しかし、生活感の類は一切ない。

橋爪はエアコンのリモコンを押し、ぺしゃんこに潰れた座布団をテーブルの前に置いた。

「こう暑いと動くのが億劫《おっくう》でね」

二人の刑事が座るのを待ってから、彼は向かい側にあぐらをかいた。橋爪は刑事が今さらなんの用で来たのかを考えているようで、落ち着きなく視線を動かした。

「今日は突然で申し訳ありません。失礼ですが、仕事のほうは？」

「今はもう年金暮らしですよ。会社もたたんで身軽なものです。お恥ずかしい話、最近は年甲斐もなくネットゲームというものにはまってしまって、時間を浪費してるんですよ。きりのいいところで止《や》めようと思っても、なかなかそれができなくて娘に叱《しか》られ通しです」

橋爪は自虐的に笑った。さきほどから目に怯えの色があるのは、過去の事件をほじくり返されることへの恐怖だろう。岩楯は、橋爪にとって苦痛でしかないであろう前置きをやめることにした。

「橋爪さん。我々の力不足のせいで、未だ犯人を検挙できなくて申し訳ありません」

刑事二人が頭を下げると、橋爪は目をさまよわせながら身じろぎをした。

「い、いったいなんですか、急に……」

「ひと月前に西荻窪である事件が起きたんですが、橋爪さんはご存じですか？」

橋爪は混乱したように忙《せわ》しなく指を動かし、岩楯と鰐川に素早く目を走らせた。

「ご、強盗事件があったことは、ネットのニュースでちらっと見たと思います。細かい内容はわかりませんが」

「そうですか。実は、橋爪さんのお宅で起きた事件に似ているんですよ。座敷に血痕と指が残されていて、被害者は行方不明です」

橋爪はたちまち険しい表情に変わり、目に見えて体を強張《こわば》らせた。

「まさか、犯人がわかったんですか？」

「いいえ、そうではないんです。まぎらわしい言い方をしてすみません。現在、捜査中なんですよ」

岩楯が隣を見やると、鰐川はファイルから写真を抜いてテーブルに滑らせた。

「被害に遭われたのは、遠山正和さんと妻の亜佐子さん、そして身元のわかっていない男性の三人です。橋爪さんは、遠山さんをご存じないでしょうか」

彼はテーブルの上の写真をおそるおそる覗き込み、時間をかけて見てから顔を両手でこすり上げた。

「いや、まったくわからない。名前にも顔にも覚えがないです」

「そうですか。橋爪さんは警備会社を経営されていましたよね。その関係とか客先なんかも思い出していただきたいんですよ。行方不明の遠山正和さんは、池袋《いけぶくろ》にある旅行会社に勤めていました。会社名は、ええと……」

そう言うなり鰐川が「株式会社、豊島《としま》トラベルです」と即答した。

「そう、豊島トラベル。その会社との取引はありませんでしたか？」

「申し訳ないんですが、会社をたたむ際に仕事絡みの資料は全部処分しました。手許には残っていないし、記憶にもないですよ」

まあ、そうだろう。取引先のリストは、二十三年前に捜査員が精査しているはずだ。あらためて当たるかどうか、検討する必要があった。

エアコンが冷気を吐き出し続け、岩楯は急激に汗が引いて身震いが起きた。正面に座る男の顔色は悪く、乾燥した肌は粉がふいたようになっている。遠山宅と同じで、この屋敷は両親から継いだものだろう。あちこちに修繕の跡が見受けられるものの、古さを愛《いと》おしんでいるようではなく、完全なるやっつけ仕事だった。もちろん、そう簡単に家を手放し、引っ越すことができないのはわかる。しかし橋爪は事件の第一発見者であり、この場所が妻の血でどす黒く染まっているさまを見ているのだ。再婚もせずに会社もたたみ、娘の籍を抜いてまで、たったひとりでここに住み続けている精神状態を岩楯は危ぶんだ。

「たいへん失礼なことをお聞きしますが」

生気がまったく感じられない男を窺い、岩楯は思い切って切り出した。

「ひょっとして橋爪さんは、アルコール依存を患っていますか」

彼はうなだれていた頭をぴくりと動かし、ゆっくりと顔を上げた。落ち窪んで真っ赤に充血した目を合わせてくる。

「そんなふうに見えますか」

「いや、体調がすぐれないようなので、もしかしてと思いまして。見当違いだったらすみません」

すると橋爪は空気が抜けるようなかすれた笑い声を漏らし、ひび割れた唇を震わせた。

「アル中にでもなれれば、少しは気が楽だろうか。今でも酒に逃げ込みたいのはやまやまだが、そうもいかないんですよ。わたしは昔からアルコールを受け付けない体質でね。ビール一杯が限度なんです。それ以上呑めばぶっ倒れますから」

「そうですか。ずいぶん痩せておられるので心配になりまして」

「むしろ、この年齢でデブのほうが心配でしょう」

「まあ、それもそうですね。ちなみに橋爪さんは、相模原にある国立総合医療センターをご存じですか？」

彼はきょとんとして首を傾げた。

「相模原には行ったことがないし、そういう病院も知りませんよ」

遠山夫妻との接点がひとつでも見つかれば、二つの事件は同一犯の可能性が跳ね上がる。しかし、たとえ接点があったとしても身元不明の客同士の関係だった場合は、その先を追いようがないのが現状だった。まずは身元を特定しない限り、犯人にたどり着くことはできない。

それからいくつか質問して関係性を探ったが、有望と思われる情報は得られなかった。橋爪は筋張った首や枯れ木のような手首にたびたび触れ、今初めて気づいたとでもいうように自嘲《じちょう》した。

「刑事さんの言う通りだな。なんだか、知らぬ間にどうしようもないほど痩せている。あの日以来、食事が満足に喉を通らなくなってね。自分の神経の細さには呆れ返ったものですよ。会社経営も楽ではなかったし、今まで厳しい道を乗り越えてきたつもりだったのに、情けない限りです」

二十三年間、毎日をどんな思いで生きてきたのか。もちろん、今となっては妻がどこかで生きているなどとは考えていないだろう。いやもしかして、そのわずかな望みを糧《かて》にしているのかもしれない。真っ暗な部屋に引きこもり、老人が一心にネットゲームに逃避している姿を想像してやりきれない気持ちになった。

「娘さんは保険の外交をされているそうですね」

岩楯が話を変えると、橋爪はぼんやりとした目で頷いた。

「あんなんでも、口が立つから成績はいいみたいですよ」

「人当たりのいい朗らかな娘さんですね。父親思いでもある」

「そうですね」

詩織を褒めてもさほど反応はなく、橋爪は縁側の外へ目を細めた。屋内だというのに、まるで軒《のき》を叩く雨音のごとくセミの声がひっきりなしに降り注いでいる。橋爪はぼうっと庭を眺め、そのままの体勢で口を開いた。

「娘は、妻の実家へ養子に出したのがよかったんだと思いますよ。義父母はもう亡くなりましたが、本当に感謝しています。わたしは娘に何もしてやれなかったからね」

「養育だけお願いすることもできたと思いますが、なぜ娘さんの籍を抜いたんですか」

「将来のためです」

橋爪は岩楯に視線を戻した。

「悲惨な事件のあった家の娘。それだけで生きるのが難しくなる。被害者にも原因があったからに違いないと考えるのが世間というものだからね。籍さえ抜けば、余計な詮索はされにくくなるし、義父母からの遺産分配もある。それに……」

橋爪は大きく息を吸い込み、早口で言った。

「自分はいつどうなるかわからない」

岩楯は、何かの覚悟を決めたような顔を見て咄嗟《とっさ》に問うた。

「橋爪さん。まさかとは思いますが、自殺なんて考えていませんよね」

橋爪は目の前の刑事とひとしきり視線を絡ませ、脱力したような笑みを見せた。

「自殺するなら、もっと前にやってますよ。もう還暦過ぎてるんだし、今さら命を絶ったところで誤差でしかない」

鰐川は橋爪から目を逸《そ》らさず、希死念慮《きしねんりょ》に囚《とら》われていないかどうかを見極めようとしている。言動のすべてが危なっかしく見えるのは、半病人のような見た目のせいだけではない。この男には底なしの苦悩と絶望、それにある種の諦めが巣食っていた。

「あの日、わたしが忘年会なんかにうつつを抜かしていなければ、だれも死なずに済んだでしょう。全部自分のせいなんですよ。わたしがすべての元凶です」

そうではないと言うのは簡単だったが、岩楯はその言葉を飲み込んだ。橋爪にとっての二十三年間は、後悔と懺悔《ざんげ》に支配されていた。犯人への憎しみや、未だ事件を解決できない警察への苛立ちがこの男からは感じられなかった。もうそんな次元を通り越していいるのかもしれない。岩楯は、橋爪の言葉を受け止めるだけでせいいっぱいだった。

4

小太りの丸っこい男は、マッシュルームカットの頭に黄色いキャップをかぶり、黄色いつなぎの袖をまくり上げている。舗《ほ》装《そう》されていない小径《こみち》に横づけされているバンも目の醒《さ》めるような黄色だ。車体には「大吉《だいきち》昆虫コンサルタント」の装飾文字が入り、デフォルメされた当人のキャラクターが笑顔を振りまいている。濃密な緑が萌《も》える薄暗い雑木林のなかでは、真っ黄色の一群が眩しいほど浮き上がっていた。

辻岡《つじおか》大吉は、黄色く縁取られた名刺を意気揚々と差し出した。

「虫の問題があればすぐに駆けつけますよ。二十四時間、いつでもお電話ください。うちは駆除だけじゃなくて予防対策も充実してますんで」

頑丈《がんじょう》そうな白い歯を見せて笑う大吉から、プロファイラーの広澤は名刺をすんなりと受け取った。たじろぐことも警戒心をにじませることも苦笑することもなく、彼の見たままを事実として受け入れている。一切の揺らぎがないその様子を見て、赤堀は思わずうなり声を上げた。

「いやあ、広澤さんはさすがだなあ。驚くべき冷静さ。普通、いきなりこんなのが現れたら笑うでしょ」

「こんなのって、先輩にだけは言われたくないですよ」

大吉はむっとして赤堀を睨みつけた。

「わたしなんて会うたんびに笑っちゃうのにな。大学の後輩で、もう長い付き合いなのに何回会ってもおもしろくてね。大吉はウズベキスタン人ですよ」

日本人とのハーフです、とすかさず言い直して大吉は広澤に笑顔を向けた。

「よく涼子先輩の手伝いをしてるんですよ。僕の仕事も手伝ってくれますし、ギブアンドテイクの関係というやつで」

「いいですよね、そういう関係がずっと続いてるのって。ラボに学生もよく手伝いに来てるみたいだし、赤堀さんって慕われてるのね」

「やだなあ、それほどでもないですよ」

真正面から褒められ、赤堀は恥ずかしくなって頭をかいた。

「まあでも、みんなからかわいいって言われて困っちゃうんですけどね」

すると、大吉がおもむろに何かのスプレーを赤堀に向けて噴射した。

「だれひとりとして、かわいいなんて言ってやしませんよ、ずうずうしいにもほどがある。さあ、ズボンの裾《すそ》を靴下ん中に入れてください。つうか、なんで穴開きデニムとか穿《は》いてきたんですか」

「なんか暑かったから」

「ホントにあんた昆虫学博士ですか？　本来なら、軽装で森に入る一般人に指導する立場じゃないですか。まったく、何事にも危機感が足りないんですよ」

大吉は説教を捲し立て、赤堀の地下足袋《じかたび》にもスプレーしてから広澤に向き直った。

「広澤先生も、ズボンの裾を入れてくださいね」

「これはなんのため？　大学の裏にある雑木林に入って、仕掛けておいた実験データを回収するって赤堀さんから聞いてるんだけど」

「僕はマダニを警戒してるんですよ。今、発見の届けが出されてるのは西日本が中心ですけど、シカとかタヌキとか野ネズミとか、野生動物が生息しているような場所には必ずいますからね」

広澤はストライプ柄のシャツにスプレー剤をかけられながら、訝《いぶか》しげな面持ちをしている。赤堀は大吉に代わって説明をした。

「マダニ類が媒介する感染症はいろいろありますけど、最近日本で問題になってるのが重症熱性血小板減少症候群、いわゆるＳＦＴＳですよ。日本での致死率はだいたい二十パーセント。有効な薬とかワクチンがないから、治療は対症的なものになって重症化しやすい問題がありますね」

そう言って赤堀は、スプレー剤を補充している大吉を振り返った。

「それはなんの薬？」

「イカリジンの十五パーセント。高濃度製剤ですよ」

「効力時間は？」

「まあ、最大で八時間ってとこでしょうね。でも、これでマダニは撃退できないし、過信は禁物ですよ」

広澤は二人のやり取りを聞いて、急いで靴下の中にズボンの裾をたくし込んだ。

「ここは世田谷《せたがや》で東京のど真ん中なんだけど、もしかして、これからする仕事は相当危険なの？」

「いや、いや。大吉がちょっと神経質になってるんですよ。先月、広島《ひろしま》までマダニの駆除に行ったみたいだから。日本には四十七種類の子たちがいるんだけど、ウィルスの保有率は数パーセントですよ。まあ、感染は運の域かな」

広澤はいささか顔を強張らせたものの、軍手をはめてつばの広い帽子をかぶり直した。

赤堀が大学の敷地内で実験をおこなっていると言ったところ、彼女が手伝いを買って出たのが一昨日だ。取り立てて人手不足ではなかったけれども、普段、赤堀がどこで何をやっているのかを把握しておきたい意図があるらしい。広澤は、捜査分析支援センター存続と地位向上のために、人知れず方々へ働きかけをおこなっていると聞いている。そして、自分がまとめ役にならなければ……という頼もしい使命感をもっているようだった。

赤堀は手ぬぐいでほっかむりし、首にタオルを巻いてリュックサックを担ぎ上げた。

「さあ、行こう。実験現場まで二十分もかかんないからね」

関係者以外立ち入り禁止の看板が取り付けられた金網扉を開け、目印の巨大化したクヌギの脇を奥へと入っていく。落ち葉や小枝が積もった肥沃《ひよく》な地面があるせいか、町中よりセミの声が吸収されて柔らかだ。木漏れ日が降り注ぐ林を風が吹き抜けるたび、三人はそろって深呼吸をした。ここが都心であることを忘れそうな清々しさがある。が、また「立ち入り禁止」の札がいくつも木に括《くく》りつけられているのを目にして、広澤は歩きながら声を出した。

「周りは金網で厳重に囲ってあるのに、こんなところまで入ってくる人がいるの？　確かに遊歩道みたいで気持ちのいい場所だけど」

赤堀は肩越しに振り返って、広澤に頷きかけた。

「ここの林は知る人ぞ知る、オオクワガタが棲《す》む穴場なんですよ。ほとんど手つかずで草木が残ってるから、ほかにもレアな子がわんさかいるわけで」

「へえ。じゃあ、ここで虫採りする人がいると」

「そう、そう。わたしもそうだけど、ここでは大学関係者がいろんな野外実験をやったりするんですよ。だから、不用意に入られると非常に困るわけです。データが変わっちゃうからね」

するとと大吉が顔の汗をタオルでぬぐい、風にざわめく木々に目を細めた。

「涼子先輩がまだ学生のころ、営利目的の悪質な虫屋を追っ払うために、木にいくつも藁《わら》人形を打ち込んでまわったんですよ。血のりをつけた服とか靴をそこらに置いてみたり、模造刀を持たせたかかしを繁みに立ててみたり」

「赤堀さんって、昔からそんなだったんだ……」

広澤がぼそりと言うと、大吉は汗を撒《ま》き散らしながら大きく頷いた。

「結果、逆に虫屋に通報されて大騒ぎになりました。そりゃそうでしょう。まるで林全体が殺人現場なんですから。ものすごい数のパトカーが大学に横付けされたとき、僕の人生は終わったと思いました」

「あのときは、こっぴどく怒られたなあ。学長にも謝り、教授にも警察にも謝ってなんとか許してもらったけどさ」

「それなのに！」

大吉は大声をかぶせてきた。

「広澤先生、あそこを見てください」

後輩は豊かに葉を繁らせたコナラの木を指差した。ひび割れたような木の幹には、朽ちかけた藁人形とお札が釘《くぎ》で貫かれている。

「ちょっと何……見るのもいやなんだけど」

広澤はたじろぎ、藁人形から素早く距離を取った。

「涼子先輩みたいのを懲《こ》りないっていうんですよ。まだ同じことやってんですから」

「これは心理戦なんだって。なけなしの予算を削って看板とか監視カメラをつけるよりも、藁人形のが効果は絶大だよ。現に盗人は気味悪がって近づかなくなったじゃん」

「そういう問題じゃないですよ」

「お金も労力もかかんないし、法にも触れないパーフェクト・トラップ！　今度は警察に何も言わせないよ」

赤堀が胸を張ったが、広澤は眉根を寄せて首を左右に振った。

「不法侵入する者を呪う行為だと解釈すれば、脅迫罪が適用されるかもしれない。それに、大学の所有物に釘を刺すという器物損壊。歴史ある大学の品位を貶《おとし》める行為と取られる可能性もあると思う」

とたんに赤堀はくるりと翻って広澤の横に並び、盛大な笑顔で腕をぽんぽんと叩いた。

「まあ、まあ。ハロウィンの延長みたいなもんですよ。いくつになっても、こういう遊び心って大事じゃないですか。そんな刑事みたいにおっかない顔しないで」

「あいかわらず、ものすごい屁理屈ですよね」

大吉がため息混じりに言うと、広澤も同意を示してなぜか後輩を労《ねぎら》った。

それからセミしぐれのなかをしばらく歩き、三人は自然の開放感を堪能していた。けれども、木々の間にほったてて小屋が見えてきたと同時に、えも言われぬ緊張感が湧き上がる。小屋は廃材を打ちつけたような荒っぽい造りで、物置きぐらいの大きさしかない。周りにはロープが張り巡らされ、「実験中！　危険！　絶対に近寄るべからず！」と書かれた札が下げられていた。

赤堀はリュックを下ろして道具一式を取り出し、頭にヘッドライトを装着した。四角い道具箱を両肩に斜めがけしてから、おもむろに水中メガネを着ける。広澤は無言のまま赤堀をじっと観察しているけれども、頭に疑問符を浮かべているのは明らかだ。大吉も細々としたものをウエストポーチに詰め、粉塵《ふんじん》用マスクとゴーグルで彫りの深い大きな顔を覆った。

「さて、広澤さんはここで待っててください。さっさとやっちゃいますんで」

赤堀がヘッドライトを点灯すると、彼女は間を置かずに声を出した。

「ちょっと待って。わたしにも手伝わせてほしいんだけど」

「うーん。申し出は嬉しいけど、あんまりお勧めできないなあ。広澤さんの仕事の領域を超えすぎてますよ」

「いいえ、やらせてください」

彼女は有無を言わさぬ調子で言い切った。

「捜査分析支援センターは、仕事の領域を超えたところにある特殊な部署です。赤堀さんだって、こないだわたしの仕事を遅くまで手伝ってくれたじゃない。というか、その水中メガネはなんなの？」

広澤は置いていかれまいとリュックサックを下ろし、ひとつに束ねた長い髪を急いで帽子の中にたくし込んでいる。すると大吉は、鞄のポケットからもうひと組のマスクとゴーグルを出して彼女に手渡した。

「中に入る気なら目と口を守ってください。意志があるなら僕は止めませんが、今日の夕飯は諦めたほうがいいかもしれませんよ。いや、下手《へた》すると、今後食べられないものが増える可能性がありますんで」

広澤はごくりと喉を鳴らしてひるんだものの、すぐ覚悟を決めた面持ちをしてマスクとゴーグルを着けた。責任感とある種の義務感、そして自分の立ち位置を守らんとする焦りが見え隠れしている。それは日に日に強くなっているように思え、赤堀は密かに広澤を心配していた。

「じゃあ、中に入りますよ。広澤さんは無理しないように」

赤堀は彼女としっかり目を合わせて決意の度合いを確認し、張られているロープをまたいで小屋に近づいた。たったそれだけで、セミや木々のざわめきを縫って低い羽音が耳に入り込んでくる。赤堀は歩調を緩め、素早くその正体を見極めた。小屋を取り囲むように飛びまわっているのはホオグロオビキンバエだろう。腐敗分解における常連であり、死を嗅ぎつける能力が突出して高い昆虫だった。足を一歩踏み出したび、言いようのない不穏な臭気も濃くなっていく。

背後に続く大吉に目配せし、赤堀はタオルを口許に巻きつけてから、にわか造りの戸をゆっくりと引いた。とたんに羽音のうなりが音量を増して、無数のハエが大挙して飛び出してくる。顔にぶつかりながら乱舞し、また引き寄せられるように小屋の中へ舞い戻っていった。肩越しに振り返って後ろを見やると、広澤が血の気の失せた顔でハエを払うのに躍起になっていた。

「広澤さんはここで引き返して。中でパニックを起こされると邪魔だから」

赤堀がぴしゃりと言うと、広澤はかぶりを振って目を合わせてきた。

「それほどヤワじゃない」

笑えるぐらいに意地っ張りだ。赤堀はひとしきり広澤を見つめ、翻って暗い小屋の中に足を踏み入れた。電気も窓もなく、広さは三畳もないだろう。雨風をかろうじてしのげる、実験するためだけに造られた小屋だ。ヘッドライトに照らされた床には、三つの蠢《うごめ》く物体が転がっている。赤堀はまず壁にかけられた温度計と湿度計に目を走らせた。

「広澤さん、記録係をお願いしますよ。入ったからには仕事してもらいますんで」

「え、ええ、もちろん」

彼女は大吉から筆記用具を受け取り、赤堀が読み上げた数値をハエがうなるなかでなんとか書き取った。

「これはなんの実験なのか詳しく教えて。も、ものすごい数のハエがいる。いったいどこからこんなに……」

広澤は、ひっきりなしにまとわりついてくるハエを必死に払い、強気な言葉とは裏腹に完全に及び腰になっている。赤堀は小屋の中央にある三つの塊《かたまり》をカメラで撮影し、広澤からも見えるように脇に避《よ》けた。彼女はおそるおそる前に進み、床にある白っぽいものを見て棒立ちになっている。次の瞬間にはマスクの上から口許を押さえ、よろめきながら後ずさりした。

「ウ、ウジがこんなに……まさか、ちょっと待ってよ……落ちてるこれは人の指なの？　ウジに喰い荒らされて、ほ、骨が見える」

ゴーグル越しの目は見開かれ、広澤ははあと肩で息を繰り返している。赤堀はウジが小山になっている床に膝をつき、道具箱からピンセットを取り出した。

「遠山宅の現場を再現したんですよ。床とか壁にも血を撒いてね」

ぐるりと顔をまわすと、ヘッドライトが壁をどす黒く染めている血飛沫《ちしぶき》を鮮明に浮かび上がらせた。血は天井にまで撥ね飛び、流れ落ちたような楕円形の雫《しずく》が点々と散らばっている。乾いた血液に貼りついたまま死んでいる大量の干からびたウジを見て、広澤は完全に言葉を失った。

赤堀は組織の損傷をじっくりと検分し、ハエのなかで立ち尽くしている広澤に言った。

「ウジが一心不乱に食べてるのは、ヒトの指じゃなくてブタの脚。中手骨のあたりを切断したものです」

「ブ、ブタ？」

「そう。二十三キロのブタ。成人した人間の腐敗分解過程に、いちばん近いパターンをたどる実験動物。報告書にも書いたけど、現場にあった三つの指は、ウジの蚕食具合が微妙に違うんですよ。これはウジたちの異常行動なのか、それともほかに原因があるのか」

「それを確かめる実験がこれ……」

赤堀は飛びまわるハエの中で頷いた。

「被害者の指が切断されたのは、六月一日の午後三時から四時の間だと虫たちは言っていた。だから、その日の気温と湿度、環境にできるだけ近づけて実験したんですよ。切断されてから発見まで二日間。三つの指が落ちていた間隔も忠実に再現した」

「でも、その日にちはあくまでも赤堀さんの推測でしょう?」

「そうですね。でも間違いない。虫はわたしにうそをつかないから、絶対にね」

赤堀は、ハエの渦のなかでにやりと笑った。

事件現場で右端にあったのが遠山正和の指だ。赤堀はその場所に置いた豚の組織から、初齢の小さなウジをピンセットでつまんで採取しはじめた。流れ作業のように大吉へウジ入りの小袋を渡すと、すぐさまラベルに日時を記録して中身を二つにわけている。標本にするものと、そのまま育てて羽化させるものだ。広澤は荒い息を吐きながらそのさまを呆然と目で追っていたが、ややあってからかすれた声を絞り出した。

「辻岡さん、ラベルはわたしが書きますから、あなたは虫を選り分けてください。そのほうが速い」

さっきから黙っている大吉は、広澤の様子を窺いつつ言われるがままに袋を渡している。プロファイラーという初めて接する職種と、負けん気の強い彼女に興味津々《しんしん》らしい。

赤堀は床に這いつくばって採取を続け、第一入植種で形成された昆虫相を確認した。事件現場とほぼ同じだ。遠山宅の座敷は、気温が低く湿度が高い。古い木造家屋と川沿いという立地に、室温を適度に保つ効果があったと思われる。高温になればウジは食べるのをやめることを考えれば、遠山宅はウジにとって快適な環境だったのだ。

観察しながらピンセットをせっせと動かしているとき、後ろからこもった声がした。

「ちょっと質問したいことがあるんだけど」

「どうぞ」と赤堀は顔を上げずに返事をした。

「赤堀さんの報告書には、腐敗分解のプロセスが細かく書かれてましたよね。死臭を嗅《か》ぎつけてハエが到着し、産卵、孵化《ふか》、そして別の虫も次々にやってきて生態系ができていく。そのサイクルや種類に少しでも乱れがあれば、虫がそうせざるを得ないなんらかの外的要因があったと」

「やっぱ広澤さんってすごいなあ。完璧じゃないですか。わたしなんて、プロファイルの報告書を読んでもさっぱり理解できませんでしたよ。もう、グラフとか数値もぜんぜん頭に入ってこなかったし」

肩口で汗をぬぐいながら笑うと、隣で大吉が呆れたような顔をした。

「腐敗分解は、大枠で四段階に分かれるんですよ。ハエとか甲虫からなる屍肉《しにく》食種、ウジを捕食したり寄生したりする種、死体も虫も食べるハチなんかの凶暴な種、その子らを待ち伏せしてゲットするクモ類。そこに土壌生物も加わって、緻密で秩序立った昆虫相が組まれるわけです」

広澤は赤堀の話を咀嚼《そしゃく》するように真剣に聞き、少しだけ考えてから顔を上げた。

「法医昆虫学の理屈は驚くほど筋が通っていて、まさしく科学的根拠がある学問だと思いました。だからこそ、ひとつ疑問があるんだけど」

「なんでしょう」

赤堀が手を止めて振り返ると、広澤は真っ向から目を合わせた。

「この実験は、事件現場を再現して腐敗分解の過程を確認するもの。でも、室温や湿度を範囲内に収めたとしても、遺体を再現できているとは思えない。たとえヒトに近いブタを使っても、あの現場とは状況が違いすぎる」

赤堀が立ち上がるのを目で追い、広澤は先を続けた。

「たぶん、これを指摘する人は科研にも警察にも多いでしょうね。言葉は悪いけど、この実験結果には意味がないんじゃないか。結局、すべてにおいて推測の域を出ないんじゃないか」

「なるほど」

赤堀は何度も頷いた。

「広澤さんが言うことはよくわかりますよ。切断されて間もない被害者の指と、いつ解体されたかもわからないブタの脚とでは、そもそも虫を惹《ひ》き寄せる威力が違う。もっともです。結果は相当変わってくるはずですからね」

赤堀は口許を覆っていたタオルを外し、間近で背の高い広澤を見上げた。

「だから、わたしがここで殺したんですよ」

「え？」

「わたしがブタをここで刺して、まだ血圧のあるうちに脚を切り落とした。被害者がされたであろうことを、ここでやったんです。事件現場を忠実に再現するために」

広澤は目を剝いて絶句した。周りをわんわんとハエが飛び交い、血の饐《す》えたような臭いが頭を麻痺《まひ》させる。赤堀は情けない笑みを浮かべた。

「血も涙もない人間だって、わたしを軽蔑しますか？」

「け、軽蔑なんてできるわけないじゃない」

広澤はつっかえながら早口で言った。大吉は、あいかわらずむっつりと難しい顔をしている。

「これが法医昆虫学です。虫を理解して犯罪捜査に活かすためには、だれかがやらなければならない。目的のためなら非情にならなければならない。みんなが思うような、虫好きが高じたエキセントリックな分野ではないんですよ」

なぜこんなことを広澤に打ち明けているのかがわからない。どの分野であれ、スマートなきれいごとだけでは立ちゆかないのは同じだ。そんなことを考えながら、広澤のまっすぐな瞳を見て「ああ」と思った。きっと自分は、心の底から解り合えるだれかをいつも探しているのだ。自分の人生には、そこが欠けている。

赤堀はにこりと笑った。

「なんか、すいませんね。こんなとこで急に辛気臭い話しちゃって」

広澤は何も言わずに、首を横に振っただけだった。

それから赤堀は、三人の指に見立てた組織を徹底的に検分した。そこから見えてきたのは、ウジの蚕食具合にはほとんど差がないということだった。おそらく、指程度の小さな組織の場合は、虫たちの偏った誘引は起こらないのだろう。過去の事件現場や実験資料に載っていた記録は、体の一部ではなく全身による結果だ。その違いがはっきりとわかって赤堀はようやく納得することができた。

三人は小屋の中でそれぞれの作業をこなし、陽が落ちる前には外へ出た。オレンジ色の夕日が雑木林に射し込んで、辺りは水彩画のようににじんで見える。赤堀は頭からペットボトルの水をかぶり、二人を促して来た道へ足を向けた。

「お疲れさま。二人ともすごくがんばってくれたから、今日は特別にごはんおごっちゃうよ。何食べたい？」

歩きながら顔を覗き込んでも、二人は生気のない目をさまよわせている。すると大吉は、黄色いキャップを脱いで赤堀に視線をくれた。

「涼子先輩、ちょっと休んだほうがいいんじゃないですか」

突然のことに、赤堀はびっくりして動きを止めた。

「何、急に。わたしならまだまだいけるけど。体力には自信あるし」

「そういう意味じゃないですよ。自分の精神力を過信していると、ある日突然ぶっ壊れるってことを言ってるんです。心は無限じゃない。苦痛を蓄積できる限界量がある」

大吉は太い眉根を寄せて、抗議でもするように大きな目を合わせてくる。いつになく生真面目な後輩の顔を見ていられず、赤堀はむりやり口許に笑みを浮かべて視線を逸らした。そして大吉の腕をぽんと叩き、ひぐらしの輪唱のなかを再び歩きはじめた。

遠山正和が入院していた当時の記録をしらみ潰しに当たった結果、いくつかの事実が浮かび上がってきた。遠山がアルコールときっぱり手を切れたのは、退院後に参加したグループ療法の存在が大きかったということだ。同じグループにいた重度の依存症患者を目の当《ま》たりにして、励まし合うどころか、ああはなりたくないと嫌悪感をあらわにしていたらしい。なんともさもしい話だ。しかし、人を思いやるどころではなくなるのが、依存症というものなのかもしれない。そこを境に、遠山は変わったようだった。

5

鰐川はハンドルを握り、タクシーやバスで混雑している西荻窪駅前をようやく左折した。日曜日の昼時にメインストリートなどを通るものではない。立て続けに赤信号につかまり、法規を無視した自転車を睨みつけて相棒は何度も毒づいた。

「まったく、この辺りは子どもたちのマナーがなってない。いつ接触事故が起きてもおかしくありませんよ。学校は指導を徹底させてほしいものですね」

「んなことまで学校のせいにされたんじゃ、教師もたまったもんじゃないだろ。おまわりが見つけ次第とっ捕まえて、ガキが泣くまで説教するしかないんだよ。まあ、今は時間が押してるからやめといてくれ」

「次は必ず指導します」

鰐川はそう宣言し、車の脇を次々にすり抜けていく自転車を苦々しげに見送った。

そして助手席の岩楯に細面《ほそおもて》の顔を向けてくる。

「それにしても、遠山正和が自助サークルのボランティアをしていたのは、ここにきて新たな情報ですね。隣人の曖昧な証言を突き詰めて正解でした」

「そうだな。遠山夫婦はアル中問題を周囲にひた隠しにしていた。十年前、隣のばあさんが手紙を間違えて開けなかったら、病歴は今もわからんままだったろう」

「まったくです。交友関係につながる糸口ですよ。しかも、相当濃密な関係性じゃないでしょうか。断酒サークルの性質上、内面を曝《さら》け出す場にもなっているはずですから」

ここから一気に進展を望みたいところだが、そう簡単ではないだろうとも思っている。岩楯は、プロファイラーの広澤が見つけてきた二十三年前に起きた橋爪家の事件が気にかかっていた。しかし、あらためて周辺情報を探ってみても、遠山と橋爪との接点は今のところゼロ。仕事関係や妻の交友関係からも何ひとつ浮かび上がっていない。こうなると消えた客とのつながりが疑われるものの、なにせいずれも身元不明なのだ。ここから先は行き止まりだった。

岩楯は、鰐川からもらった眠気覚ましの飴玉を口に放り込み、煙草恋しさをまぎらわせていた。そして、ずっと頭にくすぶっていることを何気なく口にする。

「屋敷と殺人の間に関連性はあるのかどうか……」

すると運転席の相棒がすかさず視線をよこし、前の車に続いてアクセルを踏んだ。

「屋敷と殺人の関連？　どういうことでしょう」

「いや、遠山家と橋爪の家が、間取りも含めてそっくりだったと思ってな。木造平屋で、親から継いでそのまま使っている。まあ、昭和の平屋はみんなあんな感じだろうが、似たような屋敷で似たような事件が起きた」

「確かにそうですが、ホシが家にこだわりを見せていた形跡はなかったと思います」

「そうだろうか」

岩楯は、しょっちゅうブレーキを踏む前方のレクサスをじっと見つめた。

「遠山と橋爪のヤマが本当に同一犯の仕業だった場合、行き当たりばったりじゃなけりゃ、二組にはなんらかの接点がある。屋敷の造りが似てるってことも、接点には違いないと思ってな」

鰐川はステアリングを切って裏道へ入り、住宅街を抜けて善福寺川沿いに出た。

「おそらくだが、プロファイラーの広澤もここに目をつけたからこそ、あの現場をピックアップしたんだろ。血まみれのひどい現場ってだけなら、もっとほかにもいろいろとあったはずだ」

「うーん……。何かに異常な執着を示す犯罪者は多いと思います。ですが今回の事件は、その対象が建物ではないような気がしますね。むしろ、指を落としたり部屋を血まみれにしたり、そういった方面への執着じゃないでしょうか。過剰殺傷です。被害者を連れ去った行動もそれを彷彿《ほうふつ》とさせますし」

そう、ずっと違和感があるのはそこだった。この手の事件は犯人の異常性や歪んだ人格までもが感じ取れるものであり、ほかの何よりもそこが際立っている。もし遠山と橋爪の事件が同一犯だと仮定すれば、過剰暴力が犯人の嗜癖《しへき》なのだろう。しかし、ならばなぜ二十三年ものブランクがあるのか。この手合いは欲求を我慢することをしない。

岩楯は、恐ろしいほど辛《から》い飴をがりがりと噛み砕《くだ》いた。

「二つのヤマはこんだけ似通ってるのに、いまひとつピンとくるもんがない」

「模倣という線も捨て切れません」

「そうだな。ひとまず、遠山に集中したほうがよさそうだ」

大きく頷いた相棒は、いささか表情を和らげた。

「赤堀先生の二度目の現場検分許可ですが、今朝には下りてよかったですよ。同行者が僕たちのほうが、先生も気が楽だと思いますし」

「だれが同行しようが、あの女はおかまいなしだろ。むしろ、俺らが本部から赤堀を押しつけられてんだよ」

鰐川は車一台がようやく通れそうな橋に乗り入れ、せり出した歩道の手すりに注意しながら善福寺川を渡った。そして数メートル先の角を左に折れると、遠山宅の脇にいる小柄な女が見えてきた。電柱に虫とり網を押しつけ、爪先立ちで伸び上がっている赤堀だ。

「何やってんだ、あの女は」

岩楯は徐行する車の窓を開け、麦わら帽子を首に引っかけた赤堀に声をかけた。

「先生、今日の予定が変わった。家の検分の前にやることがあるから、とりあえず車に乗ってくれるか」

やたら大ぶりなセミを鷲摑《わしづか》みしている女はくるりと振り返り、嬉しそうに笑いながら寄ってきた。

「ああ、岩楯刑事。これ見てみ。黄緑の翅脈《しみゃく》がすごいきれいだから」

六センチはありそうな巨大ゼミをいきなり目の前に差し出され、岩楯は思わず仰《の》け反《ぞ》った。

「なんなんだよ、そのデカブツは」

「クマゼミだよ。この辺りの街路樹がアオギリだからね。この子、アオギリの樹液が大好物だからさ。で、車に乗ればいいの？」

道路工事さながらの音を発しているセミを摑んだまま、後部座席のドアを開けた赤堀を岩楯は素早く止めた。

「おい、そのやかましいセミを車に乗せんな」

赤堀は鳴きわめくセミと岩楯を何度も見くらべ、本当に名残惜しそうな顔をして宙に放った。鰐川は捕虫網や道具箱をトランクにしまい、昆虫学者が乗り込むのと同時に鞄から菓子の袋を出している。

「赤堀先生、お疲れさまです。甘いものでもどうですか？　脳が活性化しますよ」

鰐川は上司には禁煙用の飴を無造作にあてがい、赤堀にはひと摑みのゼリービーンズを握らせた。

「イギリス製なんですけど、香りが豊かで上品な甘さなんです。向こうではロングセラー商品なのに、日本にはなかなか売ってなくて」

へえ……と赤堀は、カラフルなゼリービーンズの粒を凝視している。が、岩楯がむっつりと飴玉を口に入れるなり、急に目をきらきらと輝かせて後ろから身を乗り出した。

「岩楯刑事が今食べた飴、コーティング剤がついてたよね。そのコーティング剤、カイガラムシの分泌物だよ」

岩楯は思わず飴を吐き出した。

「シェラックは、ラックカイガラムシの体から分泌される虫体被覆物《ちゅうたいひふくぶつ》の塊なんだよ。インドとかタイなんかでは虫が養殖されてて、結構、食べ物に使われてるんだよね」

「うそだろ。そんな話、今初めて聞いたぞ」

「ホントだよ。チョコなんかにもよく使われてるからね。果物をおいしそうに見せる光沢剤とか、おしゃれなネイルとかさ」

岩楯は袋に飴を捨て、べたつく手をぬぐいながら勢いで鰐川を睨みつけた。相棒は引きつった笑みを浮かべて咳払いをした。

「ま、まあ、食品に使われてるんだから人体には無害ですよね」

「もちろん。むしろ体に優しいよ」

赤堀は無邪気に笑い、ゼリービーンズを口に放り込んでいる。上司を気にしつつ鰐川もいそいそと口に入れると、赤堀が何かに気づいたような顔をした。

「このゼリービーンズ、確かに変わったフレーバーだね。香りに奥行きがあるというかなんというか」

「でしょう。なかなかこの風味のものは売ってないんですよ」

鰐川は嬉しそうに語った。

「たぶん、香料にカストリウムが使われてると思う」

「なんでしょう、カストリウムとは」

「ビーバーの肛門近くから採れる、黄色っぽいクリーム状の分泌物だよ」

とたんに鰐川は車のドアを開け、道に勢いよく菓子を吐き出し咳き込んだ。四角い縁のメガネを押し上げ、信じられないと言わんばかりに引きつった顔を赤堀に向けている。

「ビーバーのお尻には香嚢《こうのう》っていう小さい袋があってさ。そっから出るのが縄張りのマーキングに使われるフェロモンなんだよ。イチゴとかラズベリー、バニラ味なんかによく使われてる。なんか深みが増しておいしくなるんだよね」

「肛門って時点でうまいわけあるかよ」

岩楯は、むかむかしてペットボトルの水を呷った。菓子とともに生きている鰐川はショック状態に陥り、険しい面持ちでクマのキャラクターが描かれたパッケージを食い入るように見つめている。

「いや、待ってください、おかしいでしょう。ビ、ビーバーの肛門から出る分泌物を、何をどうやったら食べ物に使おうと思えるんですか。最初にやった人間はいっただれなんです？　さすがに海外のものだけですよね？」

「日本のアイスとかにもよく使われてるよ」

赤堀はゼリービーンズをついばむように食べ、おかわりを要求して鰐川へ手を差し出している。相棒は袋ごと渡し、全部差し上げますと言ってシートベルトを締めた。超甘党の相棒にとっては、知らないほうが幸せだった事実だ。無言のまま車を出して、裏道から青梅《おうめ》街道へ出た。

そのまま十分ほど走り、杉並公会堂の裏手にあるマンションの前で停止した。修繕工事の真っ最中らしく、箱型の建物には足場が組まれて白いネットで覆われている。来客用のスペースに車を駐め、三人は作業員が行き交うエントランスに降り立った。

「ここはどこ？」

赤堀が、青いTシャツの袖を肩口までまくり上げて首を傾げている。岩楯は歩きながらざっと説明した。

「遠山正和が九年前に通ってたサークルを突き止めた。毎週、土曜の午後に会が開かれてるそうだ。ちょうど今だな。いわゆる断酒会だよ」

「……断酒会」

赤堀は急に顔色を変え、マンションのほうへ目を向けた。今までのそそっかしい笑顔を消し去り、緊張と警戒のようなものまで覗かせている。

「気になることでもあるのか」

「別にないよ」

昆虫学者は岩楯を見もしないでそう言い、そそくさと玄関へ足を向けた。間違いなく何か思うところがあるように見える。警察であることを告げてオートロックを解除してもらい、三人は埃《ほこり》っぽい建物内に入っていった。

「会は二階にある多目的スペースで開かれているそうです。現在の自助グループ会長は、このマンションに住む沼井《ぬまい》氏。電話でも話しましたが、協力的な人物です。年齢は五十九歳でコンビニのオーナー」

鰐川は帳面の記録を読み上げた。

「すでに会が始まっているので、入室はかまいませんが終わるまで待ってくださいとのことでした」

三人は薄暗い折り返し階段を上り、修繕の作業員とすれ違いながら狭い廊下を進んだ。使用中との札がかけられた突き当たりのドアを開け、一同は静かに入室する。会議室のような簡素な空間はそこそこの広さがあり、長テーブルが奥にいくつも重ねられていた。その前に椅子が円形に並べられ、中央には仕切り役の沼井らしき男が腰をかけている。岩楯は黙礼して隅のほうに立ち、あらためて参加者たちに目を走らせた。

三十代ぐらいから還暦過ぎと思われる者まで、年齢層はさまざまだ。そこにあどけない少年少女が何人か混じっているのは、家族参加も可能という形態だからだろうか。一見すると笑顔があふれ、和《なご》やかでくだけた雰囲気ではある。しかし、岩楯は危うさしか感じなかった。なにせ、室内にはかなりの音量でオーケストラのクラシック曲が流されているからだ。音楽鑑賞の場でもないのに、耳に障る大きさで話も満足に聞こえないありさまだった。

「ええと。じゃあ次は河上《かわかみ》さん。このひと月はどんなことがありましたか？」

会長の沼井が音楽に負けないぐらいの声を発すると、四十代とおぼしき男が忙しなく立ち上がって会釈をした。再び座り、口許に拳《こぶし》を当てて咳払いをしてから、うつむきがちに喋り出す。

「実は、あれから二度ほど飲酒してしまいまして……」

河上が懺悔《ざんげ》するように胸に手を当てると、参加者たちが一斉に顔をほころばせた。

「すごいことじゃないですか、河上さん。ひと月にたった二回だけ。あとは我慢できたんですから、自慢してもいいぐらいですよ」

「いやあ、そうですか？」

男は安心したようにぱっと顔を明るくした。

「そう言ってもらえると自信がつきます。でも、抗酒薬を勝手にやめてしまったことが気になっているんですよ」

「ああ、気持ちはとてもわかりますよ。あの薬を飲んだ状態で酒が入ると、喩えようもなく苦しいですからね。わたしも過去に飲んでいましたが、あれはひどいもんです。わざと苦しませる薬なんて、人道的じゃないとすら思ってますよ」

「ええ。頭痛に強烈な吐き気、ずっと続く胃のむかつき。マラソンしたあとみたいに呼吸も荒くなったな。一度それを体験したから、薬を飲むのが怖くなってしまったんです」

「本当にあれは、飲んだ者じゃなければわからないですからね」

参加者たちは過剰なほど相槌を打ちながら、口々に薬のひどさを論じ合っている。

なるほど、抗酒薬とは、アルコールと合わさることで苦痛をともなう症状が出るものらしい。結果として酒から遠ざかるのに役立つものの、服用は個人の意志にゆだねられるというわけだ。その葛藤の狭間《はざま》で苦しみもあるだろう。河上という男は、眉間にシワを寄せて深いため息をついていた。

「別居している妻は、酒さえやめれば戻ると言ってくれています。離婚まではしないと。でも、どうしても欲求に打ち勝てないんですよ」

「わかります。断酒の道筋というのは、呑んでしまってまた落ち込むことの繰り返しですから」

「そうなんですよ。酒さえなければ、会社を辞めることもなかった。自分を責めることも、妻と子どもを怒鳴りつけることもなかったんです」

河上という参加者は、しばらく口をつぐんでから険しい顔を撥ね上げた。

「突然なんですが、ひとつ、問題提起をしてもいいですか」

「どうぞ、どうぞ」

「いったい、なんのために酒がこの世にあるんです？」

男は立ち上がってぐるりと周囲に目をやった。

「どう考えてもおかしいでしょう。世界中でこれほど苦しんでいる人がいるのに、しかも犯罪に結びつくこともあるのに、何も咎《とが》められずに今日もそこらじゅうで酒が売られている。簡単に買えてしまう。こんな間違った世の中がありますか？　いや、僕が間違ってるんでしょうか？」

方々から「間違ってない！」という声が上がり、騒々しいクラシックがかき消されるほどの拍手も同時に沸《わ》き起こった。予告なく訪れた異様な熱気に、岩楯はぽかんと口を開けた。さっきから隣で鰐川が指先をうずうずと動かしているのは、メモをとりたくてたまらないからだろう。しかし、心証が悪くなることを危惧《きぐ》して今は聞くに徹している。赤堀は身動きひとつせずに、無表情のまま参加者たちを見つめていた。

会長の沼井は、腕組みをしながらうなり声を上げた。

「いやあ、いつも思っていますが、河上さんのお話はもっともですよ。麻薬と同じく、酒を禁止すれば世の中は向上するかもしれません。なのに、なぜか酒だけが正当化されてるんですからね」

「あの、すみません。わたしもいいですか？」

今度は五十代ぐらいの顔色の悪い痩せた女が、おずおずと手を挙げた。

「わたし、ずっと思ってることがあるんです。加工された食べ物とか化学薬品まみれの化粧品なんかも害じゃないかって。アレルギーとかいろんな病気に直結しているのに、お酒と同じく見て見ぬふりがされているでしょう？」

仕切り役の沼井が、神妙な面持ちで小刻みに頷いた。

「なるほど。言われてみればそうですよね。防腐剤だの添加物だの、そんなものを体に入れていいはずがない」

「ええ。あと煙草も」

女がつけ加えると、沼井は目をきらりと光らせた。

「煙草もってのほかですね。吸っている本人のみならず、周りにも毒を撒き散らす殺人行為です。こういったものの害にも声を上げたほうがいいな」

自分はコンビニのオーナーなのだから、それらを率先して提供する側だろうに。岩楯がいささか鼻白《はなじろ》んだとき、甲高《かんだか》い声が聞こえてそちらに顔を向けた。

「わたしはインターネットが害だと思ってます。だって、ウソばっかりだしいじめにもつながるし、それに出会い系だらけなのに警察は放置してるし」

手を挙げながら早口で捲し立てているのは、どう見ても高校生ぐらいの少女だった。岩楯は、思わず子どもの横に座る両親を窺った。娘の発言を誇らしく思っているような、なんとも満ち足りた表情をしている。間違った意見ではないものの、岩楯はその光景を見て首を傾げたくなった。

自助サークルなのだし、百歩譲って酒を悪の象徴に見立てて憎悪するのは回復につながるのかもしれない。しかし、自分や身内の弱さをすべて酒に転嫁《てんか》して自己肯定するのはどうなのだろうか。それに加えて、世の中の「害」に相当するものを選び出し、徹底的に攻撃するさまには薄ら寒さしか感じなかった。煙草やポルノや砂糖や現代医学や司法や、もはや普通の生活も送れないのではないかと思うほど周りは敵だらけではないか。

鰐川は口の端をぴくぴくと痙攣《けいれん》させ、ある種のショックをにじませながら会の進行を見守っている。家族会とはいえども、子どもに特殊な価値観を植えつけるのはどう考えても間違いだ。アルコール依存の体験や気持ちを共有し、断酒の原動力にするのが会の目的のはずだろう。もっとも、ここまでしないと強烈な依存からは抜け出せないということなのか。岩楯は相模原の病院で会った専門医の話を思い出し、そういう場合もあるのかもしれないと自身をむりやり納得させた。

それからも小一時間ほど害についての話は続き、クラシック曲のやかましさと参加者たちの熱気で、岩楯は重苦しい疲労に襲われていた。会が終了してから遠山正和と面識のある者に話を聞いたけれども、よくわからない人だった……というような中身のない感想しか得られない。しかし、みなあまりよい印象を抱いていないことだけは明らかだった。考えが古くて押しつけがましいという意見からも、遠山夫妻が周囲から疎《うと》まれていた様子が目に浮かぶ。

「どうも、お待たせしてすみませんでした。終了時間をお伝えすればよかったですね」

サークルの会長である沼井は、精力のみなぎる浅黒い顔に満足げな笑顔を貼りつけていた。白いものが目立つ髪をオールバックに撫でつけ、間近で見れば耐え難いほど目力のある男だ。岩楯は名刺を渡し、沼井にまず音楽を止めてくれと頼んだ。

「刑事さんはクラシックはお嫌いですか？」

「いや、そういうことではないんです」

岩楯は苦笑いを浮かべた。沼井は音楽を止めて腰に手を当て、まばたきもせずにじっと目を覗き込んできた。

「クラシックは精神に働きかける力がありますからね。刑事さんも聞いたことがあるでしょう？　野菜や水にクラシック音楽を聴かせると、すばらしい味に変化を遂げる。ひとつひとつの分子が美しく整うんですよ。これはまぎれもない事実です。特にモーツァルトがいい」

「そうですか」

岩楯は曖昧に頷いた。そうとしか言いようがない。

「この辺りだと善福寺川もひどく汚れてるんで、わたしは『川にモーツァルトを聴かせる会』も催してるんですよ」

「それはご苦労さまですね」

「いえいえ、地球のため、ひいては自分のためですから。関東を中心に川や海をまわって、不定期で開催しているんですよ。今後、富士山の山頂からモーツァルトを流す会も計画中でして、最終的には世界の……」

「音楽の力はすごいんですね」

岩楯はどこまでも続きそうなモーツァルト話を遮った。

「ところで、沼井さんはもちろん、今回の事件をご存じですよね？」

すると彼は目に見えてしゅんとし、陽灼けした角ばった顔をこすり上げた。

「信じられませんでしたよ。遠山さんご夫婦が被害に遭《あ》われるなんて。気さくで頭がよくて世話好きで、とてもすばらしい人たちだったのに」

「ここへはどのぐらい通っていたんですか」

「二〇〇八年の一年間だけです。僕がどうしても仕事で出席できないときなんかは、司会をお願いしたこともありましたよ。彼も依存症のどん底から再起された方なので、言葉の重みが違いますからね。その後もきっぱりと酒を断っておられた」

沼井は黒光りしている腕をさすりながら、小刻みに何度も頷いた。

「一年だけここへ通って、遠山さんが辞めた理由はなんでしょう」

「まあ、特別理由は聞きませんでしたけど、飽《あ》きたんじゃないかなあ」

「飽きた?」

岩楯が聞き返すと、沼井は大げさに笑って見せた。

「ちょっと意地の悪い言い方でしたね。それにこれはわたしの想像です。遠山さんは強い意志でアルコールと決別していますから、そうできない者へじれったさを感じていたんじゃないかな。自分に厳しいぶん、他人にも厳しくなっていたと思うんですよ。よそとは違う、わたしが編み出した独自のやり方に疑問をもっていたようなのでね」

あの内容では、だれでも疑問はもつはずだ。流れるように言葉を書き取っている鰐川を眺めながら、この自助サークルが特殊なのだとわかって岩楯はいささかほっとした。沼井は終始にこやかだが、遠山正和によい印象をもっていないのが伝わってくる。岩楯はその部分に踏み込んだ。

「他人にも厳しいということは、遠山さんは人と揉めたりしたんでしょうか」

「揉めるというか、参加者が引いてしまう感じですよ。奥さんもたいへんだったでしょう。遠山さんはまあ頑固《がんこ》で、一度言い出したら聞かない性格だから」

気さくで人当たりがよいのは外面《そとづら》だけだったということか。次の質問をしようとしたとき、彼は宙を見つめてぽつりと言った。

「そういえば、ずっと前に噂を聞いたことがあったな……」

沼井は腕組みをした。

「遠山さんが、自宅で断酒会を開いてるんじゃないかという噂です。その後どうなったのかはわかりませんが、辞めるとき、うちのサークルの参加者に声をかけていたそうなんですよ。引き抜こうとしたんですね。真に苦しんでいる方を厳選したいとかなんとか」

「厳選ですか。依存症の方は、みんな苦しんでいると思いますが」

「そうなんですよ。事実だとすれば、とんだ驕《おご》りですよね」

沼井は、あからさまに軽蔑の色を浮かべた。今さっきまですばらしい人だと語っていたはずだが、この男は遠山によい印象をもっていないどころかひどく嫌っているようだ。

岩楯は、さまざまな聴取の内容を思い返しながら考えた。もしかして、遠山宅の隣に住む老婆が見たのはこのことだろうか。勝手口から人が出入りしていたというものだ。昨年のことで、年齢層はまちまちながら遠山宅には頻繁《ひんぱん》に訪問してくる者がいた。しかも、みな人目をはばかるようにこそこそしていたと。

岩楯は、次の質問を待ちわびている沼井に問うた。

「遠山さんの家に通っていた方をご存じないですか？　特に去年なんですが、どんな些細なことでもかまいません」

「それはわからないなあ」

陽灼けした男は首をひねった。

「うちの参加者はだれひとり行っていないし、結局は企画倒れだったんじゃないですかね。その後はお会いしなかったので、わたしもどうなったのかはわからずじまいですよ」

沼井は、腕時計に目を落として時間がないことをアピールしてきた。

「では、質問を変えます。遠山さん宅には、知り合いの連絡先とか年賀状の類がまったくなかったんですが、自助グループに通ったりボランティアをしていれば、付き合いは密になるものではないんですかね」

「ああ、刑事さん。それは逆ですよ。だれよりも付き合いが密だからこそ、実生活とは切り離すんです。依存症患者やその家族には捌《は》け口が必要なんですよ。わたしは強くそう思っています」

男は胸を張って主張した。

「自分の酒害体験や回復の道筋をここで吐き出して、全員で共有する。そして、そういう思いをすべてここに置いて帰るんです。暮らしにメリハリがつくし、家族以外にも理解者がいるというのは、何より自尊心を回復させますからね。住所とか電話番号の交換は基本的にしません。ここは、生活とは別次元の場所なんですよ」

言わんとすることはわかる。しかし、会の内容を見る限り、その割り切りがうまくいっていないのではないかと感じられた。

岩楯は鰐川に目配せし、引き揚げ時だと伝えた。

「今日はどうもありがとうございました。さっきの遠山さん宅の話。何か思い出すようなことがあればご連絡ください」

沼井に一礼してから後ろで突っ立っていた赤堀を連れ、三人は捜査車両に乗り込んだ。なんともすっきりしない話しぶりだったし、参加者の今後を心配せずにはいられない。気分を変えるように、岩楯は後部座席を振り返った。

「先生、昼メシがまだなら一緒に行くか」

窓の外を眺めていた赤堀に声をかけたが、彼女はどこか本調子でないような顔に笑みを浮かべた。

「ああ、ちょっと用事があるからお昼は遠慮しとく。悪いんだけど、先に遠山さんの家に行ってもらっていいかな。微物の採取は十分ぐらいで終わると思うから」

「例の、ウジの喰い方の誤差とやらか？」

「うん、そう。現場にケーキとかお茶とか飛び散ってたから、一応、そっち方面もちゃんと調べたほうがいいと思ってさ。こないだ採取したものでは足りなくなっちゃって」

そうかと返し、岩楯は昆虫学者の顔を不躾なほどじろじろと見まわした。明らかに顔色がすぐれず、来たときの勢いがなくなっている。そう思ったとき、エンジンをかけながら鰐川が口を開いた。

「赤堀先生、体調が悪いんですか？　顔色がよくないようですが」

「え？　そうかな。いつもと変わんないけど、やることがいっぱいで焦ってんのかも。ワニさん、ありがとうね」

赤堀ははっと笑って相棒から飴玉を受け取った。

それから遠山宅に舞い戻り、赤堀は座敷の畳の隙間やテーブルの脚から干からびた菓子の残骸をこそげ取った。数十分後に駅まで送ると、彼女は二人に向けて捕虫網をぶんぶんと振ってから、ものすごい勢いで人混みにまぎれていった。やはり体調不良は気のせいらしい。が、ふいに後部座席を見たとき、やはり気のせいではないと岩楯は確信した。今さっき現場で採取した微物の袋を、丸ごと置き忘れている。ところどころ抜けている女だが、仕事に関しては別だ。何があっても、目的を忘れたことなどなかったというのに。

岩楯はあごを触りながらしばらく考え、後部座席に手を伸ばして赤堀の忘れ物をポケットに突っ込んだ。

第三章　不純な動機

1

夜の大学はしんと静まり返っており、生ぬるい風が吹き抜けるたび背の高い木々がざわざわと不気味な音を立てる。蒼白い外灯には蛾《が》や無数の羽虫がまとわりつき、どこから現れたのか何匹もの薄汚れたノラネコが道に座り込んでいた。いつものことだが、都心だというのに学内に一歩足を踏み入れれば別世界だ。特に法医昆虫学教室、分室がある場所は、ちょっとした森と言っても過言ではないほど鬱蒼《うっそう》としている。湿った夜風に煽《あお》られながら、岩楯はポケットからひしゃげた煙草を取り出してくわえた。が、「歩きタバコ厳禁！」の立て札を見つけて、なんとも呪わしい気持ちになった。以前はあちこちに灰皿が置かれていたはずではなかったか。しばらく来ないうちにことごとく撤去されている。どこもここも禁煙の波が押し寄せ、喫煙者は完全なる鼻つまみ者だった。肩身が狭くてしようがない。

立て札を横目で見つつ、岩楯はくわえた煙草にライターの火を近づけた。周りにはネコしかおらず、副流煙に気を揉む必要もない。こんな場所にルールも何もないだろうと開き直ったが、結局、岩楯は舌打ちしながら煙草を箱に戻した。そのまま傷だらけの腕時計に目を落とすと、午後八時半を指している。

正門からの一本道を黙々と歩くにつれ、少し先のほうに巨大な欅《けやき》の木が見えてきた。闇夜に浮かぶシルエットは腕を広げた化け物じみていて、木の根元にある建物を飲み込まんばかりに膨らんでいる。赤堀専用のほったて小屋からは明かりが漏れ出し、入り口の戸は全開になっていた。

岩楯は洗って干してある地下足袋や瓶などの道具類をまたいで、小屋の中を覗き込んだ。髪をひとつにひっつめた赤堀が、だらしなく椅子にもたれて煙草をふかしている。そのまま戸口まで進み、開け放たれている木戸をノックした。

「先生、電話にはちゃんと出ろって」

赤堀はびくりと肩を震わせて振り返り、岩楯を見るなり脱力した。

「あーびっくりした。なんだ、ただの岩楯刑事か」

「ただのってなんだよ」

岩楯は段ボールだらけの狭苦しい小屋に入り、赤堀の脇にある丸椅子を勝手に出して腰かけた。そして流れるような動作で煙草を取り出し、ライターの火を近づける。ようやくニコチンにありつけた。岩楯は煙をめいっぱい肺に入れ、味わうようにして細く吐き出した。赤堀はその動きを目で追っていたが、首を傾げて口を開いた。

「なんかあったの？　連絡もなしに訪ねてくるとか」

「まるっきり連絡がつかなかったんだろうが。浜松町に電話したら大学に戻ったって言われたから、こうやってわざわざ訪ねてきたんだよ」

赤堀はきょとんとしてまだ長さのある煙草を揉み消し、書類が散乱した机の上からリュックサックを取り上げた。中に手を突っ込んでスマートフォンを探し出し、指紋だらけの画面をじっと見つめる。

「あ、そうだった。昼間、あのマンションに入るときに電源切ったんだった。忘れてそのままにしちゃった」

岩楯は煙と一緒にため息を吐き出し、胸ポケットから赤堀が忘れていった微物の小袋を引き抜いた。作業台に滑らせるなり昆虫学者ははっとして、またリュックの中をひっかきまわしはじめる。

「うそ？　あれ？　なんで？」

　リュックの中を長々と覗き込んでいたかと思えば、今度はけたたましく立ち上がってジーンズの尻ポケットをしつこいほど叩いた。

「もしかしてわたし、採取したやつを落とした？　どこで？」

　岩楯は吸い止《さ》しだらけの灰皿に新たな一本をねじ込んで、自分のヘマを信じられない赤堀と目を合わせた。

「今の今まで、落としたことにも気づかなかったわけか」

「ああ、ええと、そういうことになっちゃうかな。いやあ、なんか今日はおかしいなあ」

　赤堀は盛大に馬鹿笑いしてごまかした。

「岩楯刑事、こんなとこまでわざわざありがとう。電話してくれれば取りに行ったのに」

「だから何回も電話したんだよ」

　岩楯は重ね重ね言った。

「ほとんどむりやり現場検分の申請を通したのは、微物を早急に調べる必要があったからだろ。持ち帰ってすぐに、実験室にこもる予定だったはずだ。それなのに、採取したもんがなくなったことに今初めて気がついたとあんたは言う」

「だから、ごめんって。暑さでぼうっとしてたのかもしれない。以後気をつけます」

「こういうもんに以後もへったくれもない。もしこれが重大な証拠だったら、警察全体の問題になるんだ。おまわり連中がこつこつと積み上げたもんが、全部無駄になることだってある。そのぐらいの大事だってことを、あんたはわかってない」

岩楯が厳しく言い切ると、赤堀は丸い目を合わせたまま笑顔を引き揚げた。そこにいつもの負けん気はなく、あるのは怯えのようなものだけ。気が済むまで説教しようと意気込んできた岩楯は拍子抜けして、目にかかる鬱陶《うっとう》しい前髪をかき上げた。

「ひとつ聞いてもいいか」

「うん……」

「なんかあったのか」

「なんか?」

赤堀はまるで時間を稼ぐようにそう繰り返し、一瞬だけ目を泳がせた。岩楯は折れ曲がった煙草を伸ばして火を点け、今日一日を通して精彩に欠ける昆虫学者を見まわした。今まで、どれほど厳しい状況に追い込まれても意志の光だけは曇らなかった。しかし、今目の前にいる赤堀は腑《ふ》抜《ぬ》けそのものだ。考えずとも、昼間に行った自助サークルが関係しているのは間違いないだろう。

「もしかして、あの奇妙なモーツァルトサークルの中に、知ってる人間でもいたのか」

「いないよ。なんでそう思うの？」

「なんでも何も、そう思ったんだからしゃあないわな」

岩楯は深く煙草を吸い込み、出入り口のほうを向いて煙を放った。再び弱っている赤堀に向き直る。

「個人的なことをとやかく言うつもりはないが、ややこしいもんを仕事に持ち込むな。あんたの場合はバレバレなんだよ」

「そっか。ホントに今日はどうかしてた。迷惑かけてごめん」

岩楯はひとしきり彼女を窺った。

「別に迷惑ではない。だが、今のあんたは使いものになりそうにない。すぐにやろうとしてたのは、現場にあった食い物の検分だろ？」

「うん」

「それはすでに科研にまわってるブツだし、わざわざあんたが出張る必要もないだろ。現場の虫の解析も終わって報告書も提出済みなんだ。法医昆虫学的な職務はまっとうしてる。体調不良とかなんとか理由をつけて、もうこのヤマから手を引いたほうがいいかもしれないな」

赤堀はわずかに睨むような目をしたが、それ以上、なんの反論もしなかった。いつもならば、やかましいほど噛みついてくるところだろう。これは本当に駄目かもしれない。岩楯は煙草をもうひと吸いしてから潰して立ち上がった。

「とにかく。こんなところで油売ってないで、あんたもさっさと帰ったほうがいい。じゃあな」

岩楯が戸口へ足を向けたとき、後ろから赤堀の声が追いかけてきた。

「待って。岩楯刑事、わたしの父はアルコール依存症なの」

足を止めて振り返ると、赤堀は血の気の失せたひどい顔をしていた。理性的な声色だが、努めてそうしているのがわかる。

「アルコール依存？」

「そう。父の話はほとんどだれにもしたことがない。というより、わたしが小さいころ死んだことにしてきたから、話す必要がなかったんだけど」

岩楯は戸口から引き返し、赤堀の前に立った。しかし彼女は顔を上げずに、握り締めた手許を見つめながら先を続けた。

「実際、父はもう死んだんだってしょっちゅう自分に暗示をかけてたし、記憶から締め出すように訓練してたんだよ。でも昼間に行った民間サークル、あれは不意打ちだった。ずっと昔に見た光景とまるで一緒だったから……」

「親父さんは今どこにいるんだ？」

赤堀はうつむいたまま首を横に振った。

「わからない。最後に会ったのは十八のとき。大学に進学するわたしを、何も言わずにずっと見てた。それっきり。祖父母のお葬式にも姿を見せなかった人だよ」

「捜索願は？」

とたんに赤堀は黙り込んだが、身の置き場がないとでもいうようにそわそわした。ようやく丸い顔を上げる。犯罪被害者や遺族が、よくこんな表情を見せることを岩楯は知っていた。ぶつけようのない怒りや憎しみ、苦しさを持て余すような面持ちをしている。

「岩楯刑事。わたしは、父がどこかで死んでることを毎日願ってる。だれも巻き込まないで、たったひとりでひっそりと死んでいてほしいって思ってる」

「急に何言ってんだよ」

岩楯は赤堀を遮った。しかし、彼女は止まらなかった。

「今会ったら、わたしは父をどうにかしてしまうかもしれない。そのぐらい、普通ではいられなくなる存在なの。病気だってわかってても、気持ちがぜんぜんついていかない」

「先生、本当に落ち着け」

赤堀は唇を噛んで、握り締めた手を微《かす》かに震わせている。今まで見てきた奔放《ほんぽう》で屈託のない彼女との落差が、目の前で起きている事実を理解不能なものにしていた。しかし、赤堀にはいつも影がつきまとっているのを岩楯は感じていた。持ち前の明るさでそれらを蹴散《けち》らしてはいたが、ふとした狭間に危うさのようなものが見えていたではないか。とはいえ、予想だにしない事態には違いない。

静かな昂《たかぶ》りを見せる赤堀に、岩楯はできるだけ諭《さと》すように切り出した。

「いいか。過去に何があったか知らんが、親子の確執なんざ珍しいもんでもない。クズみたいな親はそこらじゅうにいるし、恨むのは勝手だ。だがな、今のあんたには本気が見える。間違ってもそんなことを口に出すな」

「口に出さなくたって、思ってれば同じことでしょう。今まで父との間に何も起こらなかったのは、単に会わなかったからだと思う。この先どうなるのか、自分でも本当にわからないんだよ」

いつもすっきりと澄《す》んでいる大きな瞳は、今も変わらず澄み切っている。しかし、一点の曇りもない美しさは逆に狂気だった。

赤堀は少しだけ黙り、またゆっくりと口を開いた。

「どこかで何かの事件が起こるたびに、理由もなくわたしはまず父がやったんじゃないかと疑う。そして違うとわかればほっとする。それを繰り返して、この先も死ぬまで神経をすり減らす。祖父母もそうだった。一時も心が休まらないまま死んだの。かわいそうに」

「親父さんは、それほど重度の依存症だったのか？」

赤堀は頭の中をまとめるように、吸い止しで山盛りの灰皿をしばらく見つめた。

「わたしはまともだったころの父を知らない。母は胎盤《たいばん》早期剝離《はくり》で、わたしと一緒に死線をさまよった。出血がひどくて母は助からなかったの。それをきっかけに父は変わったって聞いてる。苦しみと悲しみをお酒でまぎらわせたんだね」

彼女は短くため息をついた。

「父は入退院を繰り返したから、わたしは祖父母に育てられたの。父の祖父母へ向ける憎しみは異常なほどだった。祖父母はわたしの親代わりだったから、本当に大好きだったよ。年老いて小さくなった二人は、何があってもひるまなかった。口に出せないほどひどいことをされても、それを受け入れていた。わたしには絶対に手出しさせなかった」

赤堀は、話しながら自身を怒りへと駆り立てていった。目の色が完全に違う。

「父は飲酒のせいで極端に栄養状態が悪くなって、あるとき脳症に陥ったの。それが原因で、母が死んだことを完全に忘れたんだと思う。娘が生まれた記憶もなくなった。入院して戻ってきたときには、忘れてしまったことをうそで埋めるようになっていたよ」

「うそで埋める？」

岩楯が問うたが、赤堀は具体的なことを言う気にはなれないようだった。口に出したら何かが終わるとでもいうように、必死に抑制しているのがわかる。父親の虚言に引きずり込まれて、さんざん振りまわされたということだろうか。岩楯は当然のようにそう考えたが、そんな生やさしいものではないかもしれないと思い至った。取り調べでもそうだが、被疑者によるうそは思っているよりも心身にダメージを受ける。繰り返されれば真実とうそを見極めるために神経が張り詰め、常に疑心暗鬼状態に陥るからだ。それが親なら落胆も激しいだろうし、経験値の乏しい子どもはあらゆる面で翻弄《ほんろう》され続けるだろう。

赤堀は自分の心の底をさらうように、ゆっくりと言葉を押し出した。

「父はわたしを他人のように扱っていたよ。わたしを徹底的に否定した。それは娘の記憶が曖昧になったからなのか、それとも、全部を覚えていてあえてそうしていたのか……違うかな。今でもよくわからない」

彼女は先を続けようとして、何度も口を開きかけた。しかし、適当な言葉が見つけられないようだった。これほど混乱を極めている赤堀を見たことがない。過去を整理して話せるような域には達していないし、現在進行形で苦悩が続いていることが手に取るようにわかる。昼間に行った民間サークルが引き金になり、完全に負の感情に呑まれていた。

赤堀は何度も深呼吸をし、うつむいたままぼそぼそと喋った。

「病気だからしょうがないんだよ。そんなことはわかってる。救われるべきは父だし、周りは手を差し伸べて助けてあげなきゃ。でもわたしのなかには、大好きだった祖父母を嬉しそうに虐《しいた》げていた父しかいないから全部が歪んでしまう。だって、祖父母を苦しみのなかで死なせてしまった」

「先生のせいじゃないだろ、どう考えても」

「うん。でもね、自分の無力さがとてつもなくいやになるんだよ。それにいつまで経っても復讐心が消えない。時間が何も解決してくれないのは、そのせいなんだと思う」

まるで報復を糧《かて》に生きているような言い方だ。赤堀にとって祖父母の存在は、あまりにも大切な位置を占めすぎている。苦しみよりも、怒りの強さだけが岩楯にはひしひしと伝わってきた。

「家族は全員疲れ切ってて、心からお酒を憎んでた。昼間行ったサークルと同じく、怒りの矛先をいろんなところへ向けて気をまぎらわせるしかなくなる。そんなときに、祖父母はわたしを海外へ逃がしてくれたんだよ。日本を出て留学しろって。自分の人生を生きなさいって。結局わたしは、祖父母を見捨てたと同じだと思う。あのひどい家に大切な二人を置き去りにした」

「あんたの身内は、正しい判断をした」

岩楯が斟酌《しんしゃく》なく言うと、赤堀は急に乾いた笑みを口許にたたえた。

「逃亡先で法医昆虫学に出会ったことを考えれば、すべてが運命だったたって解釈もできるかもね」

「できるかよ」

岩楯は苛々しながら即答した。

「親父の居所に心当たりは？」

「家は処分したし、父もわたしも帰る場所はないよ。身元不明遺体のリストを定期的に調べてるけど、今まで父らしき身体的特徴の人はいなかった。まだどこかで生きてるんだよ。もしかして、またたれかを不幸にしているかもしれない。だから、再会したときには、どんな形であれ終わらせなくちゃってずっと思ってる」

「極端な結論を出すな。今のあんたには使命ってもんがあるだろ。法医昆虫学を認めさせるまで、これからもしつこく食い下がっていくんだろうが」

「そう、そこだよ、岩楯刑事」

赤堀は、場違いにもにこりと微笑んだ。

「積極的に信じるものを作らないと、わたしは生きてこれなかった。いつも何かを信じていたかった。それが自分の存在価値で、法医昆虫学にもつながってるから」

「どういうことだ」

「だれも足を踏み入れてないまっさらな分野に入っていって、人に信じさせることがわたしにはどうしても必要なの。たぶん、ある種の自己再生なんだと思う。事実の究明とか犯罪者を許さないとか、それよりも上に自分の醜いエゴがある。わたしの信念なんてすごく適当なんだよ」

とても赤堀の口から出た言葉とは思えない。ひたむきにまっすぐ前を向いていたのは、単に自分の居場所を作るためだと言っている。

黙って耳を傾けるしかない岩楯に、赤堀は容赦なくたたみかけた。

「生きていくには何かしら動機がいる。法医昆虫学はその動機にすぎないの。わたしは情熱をもった法医昆虫学者の赤堀涼子を演じて、不純なまま突っ走ってるだけ」

赤堀は真っ向から目を合わせてきた。

「だからね、岩楯刑事。わたしを美化するのはやめたほうがいい」

これが彼女の核というわけか。今までもっていた赤堀の印象を書き換えることになったが、それはほんの数行程度のことだった。もともとこの女が、無邪気で快活なわかりやすい人間だとは思っていない。それに、仕事の動機などどうでもよいことだ。現に結果を出し、組織を動かしたという事実にだけ意味がある。そう思えば、この事態はたいしたことではない。

岩楯は半ば自身に言い聞かせ、人相が変わって見える赤堀を見下ろした。目の前にいるのは、もはや童顔で落ち着きのないあけっぴろげな女ではない。打算さえにじませる真っ黒い陰を背負っていた。

岩楯は、赤堀からひと時も目を離さなかった。

「勘違いすんのもたいがいにしろ。あんたを美化したことなんて一度もないんだよ。だいたい、ウジまみれの女をどうやって美化するんだ」

「そう言うと思った」

赤堀は噴き出して笑った。

「岩楯刑事、暴露ついでにひとつお願いがあるんだけど」

急に背筋を伸ばした昆虫学者は、何を思ったのか両目をぎゅっとつむった。

「わたしを思いっきりひっぱたいてほしい」

「やだね」

岩楯はうんざりし、煙草をくわえて火を点けた。

「厄払《やくばら》いしたいんなら神社か寺にでも行け。俺を使うな」

「じゃあ、ちょっと手を貸して」

赤堀は言うより早く岩楯の手を取り、両手で力強く握った。それとは裏腹に、目の奥には未だ怯えや戸惑いがちらついている。

「たぶん、これからは今までみたいな関係ではいられないような気がする」

「そうかもな」

「岩楯刑事はわたしに疑問を抱いた。ああ、違うか。今はそう感じてなくても、何かが起きればわたしの歪んだ内面と結びつけるはず」

赤堀は清々しくも悲しげな表情をし、汗ばんだ手に力をこめた。

「だから言えるときに言っとくよ。岩楯刑事、いつもありがとう。わたしがこの仕事で立ち上がるために、いろんなことを考えてくれた。部外者なのに、しかも敵陣営なのにだれよりも真剣に」

「いったいなんのつもりだよ。死に際の年寄りか？」

岩楯は煙草を消して、いつまでも弱っている赤堀を引っ張って立たせた。

「法医昆虫学はまだスタートラインだろ。あんたがやるべきことは山ほどある。それを成し遂げてから、その手のぞっとする台詞を吐くんだな」

「ぞっとするって……わりと自信がある決め台詞だったんだけど」

「だいたい赤堀涼子を演技しなくても、あんたはじゅうぶん、わけのわからん赤堀涼子だろうが。そのあたりも勘違い甚だしいんだよ」

岩楯は赤堀から手をほどき、戸口に行って振り返った。

「これだけは言っておく。もし親父を見つけたら合法的にケリをつけろ。あんたはそこまで馬鹿ではないはずだが、何かしでかしたら俺がしょっぴくことになるのを忘れるなよ」

ISBN：978-4-06-519474-4　定価：本体1300円（税別）

届け、物語の力。

あらすじ

高校二年生の越《えち》前《ぜん》亨《とおる》は母と二人暮らし。父親が遺した本を一冊ずつ読み進めている。亨は、売れない作家で、最後まで家族に迷惑をかけながら死んだ父親のある言葉に、ずっと囚われている。

図書委員になった彼は、後輩の小《こ》崎《さき》優《ゆ》子《こ》と出会う。彼女は毎日、屋上でクラゲ乞いをしている。雨乞いのように両手を広げて空を仰いで、「クラゲよ、降ってこい！」と叫ぶ、いわゆる、“不思議ちゃん”だ。

クラゲを呼ぼうと奮闘する彼女を冷めた目で見ながら亨は日常をこなす。

八月のある日、亨は小崎が泣いているところを見かける。そしてその日の真夜中——街にクラゲが降った。

物語には夏目漱石から、伊坂幸太郎、朝井リョウ、
森見登美彦、宮沢賢治、湊かなえ、村上春樹と、
様々な小説のタイトルが登場します。
この理不尽な世界に対抗しようとする若い彼ら、彼女ら、
そしてかつての私たちの物語です。

今日はここ最近でいちばんの厄日かもしれない。岩楯は両手で顔をごしごしとこすり上げながら、ほったて小屋の外に出た。赤堀の最悪の告白を聞かされた挙げ句に、少なくはないダメージを共有させられている。面倒なことこのうえなかった。

来た道を戻りつつ煙草を出してくわえたが、また「歩きタバコ厳禁！」の立て札が目に入って口汚なくののしり声を上げた。立ち止まってしばらく薄雲がかかる夜空を仰ぎ、方向転換して小屋に舞い戻った。

「先生、メシ行くぞ」

部屋の中ほどで気の抜けたように突っ立っていた赤堀は、大きく息を吸い込んでいつもよりいくぶんひかえめに笑った。

自分たち二人は、実に奇妙な関係性だ。互いをだれよりもよく知っているようでいて、実際はほとんど何も知らないまま揺るぎのない信頼関係を築いている。この先何を聞かされても、人間性を疑うようなことはないはずだ。そしておそらく、見限ることはない。

岩楯は赤堀を連れ、べたつく夜風のなかを歩きはじめた。

2

浜松町にある真新しいラボの中はほとんど無音で、赤堀が叩くパソコンのキーの音だけが響いていた。片隅にある恒温器では、大学の裏で腐敗実験したウジを飼育しており、羽化を待っての同定作業となる。一方でウジの標本も作成し、そこから得られたデータを黙々とまとめていた。

赤堀は、実験で採取したウジの標本をじっと見つめた。初齢後期であり、事件現場から引き揚げたものとほぼ同じ発育レベルを示している。続けて、大ぶりな三つの瓶を引き寄せた。ブタの脚をホルマリン浸けにしたものだ。腐敗実験で使ったものだが、きれいにウジが取り除かれ、組織や骨が生々しく剝き出しになっている。赤堀は番号のふられた三つの瓶を並べ、白っぽくふやけた肉片を間近で検分した。中手骨の一部が露出し、まるでチューブ管のようになった血管や腱などが溶液の中で揺らめいている。三つの脚はどれも同じような状態で、ウジに喰い荒らされてひどいものだった。

赤堀は書類の中から一枚を取り上げ、数値に目を走らせた。

「質量もほとんど同じ……か」

三つの脚は、置いた場所によって損傷が変わるようなことはなかった。どれもまんべんなくウジに蚕食され、異常な行動パターンが見られたような箇所はない。

今度は膨れ上がったファイルから三枚の写真を引き抜いた。司法解剖時に撮られたもので、赤堀はホルマリン浸けの瓶の前に、同じ位置にあった被害者の写真を置いた。ウジの数や齢から見ても、喰われた範囲はどれもそう変わらない。

「やっぱ単なる誤差なのかな」

赤堀は背もたれつきの椅子に寄りかかってくるくるとまわった。身元不明男性の指だけ損傷が少ないのは事実だとして、今のところそうなった原因は見当たらない。過去に遠山正和がアルコール依存症だったことがわかったけれども、三つの指からアルコールは検出されていないのだ。虫を退ける外的要因はひとつもなかった。

赤堀は盛大にため息を吐き出し、椅子をまわしながら白い天井に目を向けた。エアコンの通風口が乾いた冷気を静かに吐き出し続けている。

昨日は、なぜ岩楯にあんな告白をしてしまったのだろう。

思考にわずかな空きができるたび、それぱかりが浮かび上がってくる。自分のヘマを平謝りしてやりすごせばよかったことだし、何より、自身のなかでまったく消化も整理もできていない過去を口に出したことが腹立たしい。赤堀はじたばたと脚を動かし、椅子をまわし続けた。

自分の過去を知る者はごくわずかで、大吉や親しい友人にすら本当のところを打ち明けてはいない。思い出したくもないというのもあるけれども、人と苦しみを分かち合うことが、また別の苦しみを運んできてなんの解決にもならないからだった。厄介なことに赤堀の場合、その手の行為で気持ちが楽になることはない。

椅子をまわしながら、両手で顔を覆った。

「最近なんかいろいろ調子悪い。自分のことで手いっぱいで、人を思いやれない。セロトニンの不足かも……。とりあえず、買っといたマグネシウム剤飲もう」

回転している椅子に足でブレーキをかけたとき、ノックの音がして赤堀はドアに目を向けた。扉についている四角い小窓から、眉間にシワを寄せた不機嫌そうな男の顔が覗いている。研究開発部のエキスパート、そして常に怒っている還暦間近の波多野光晴だ。いつにも増して口角が下がり切り、ぽっちゃりとした赤ら顔には険があった。

赤堀は椅子から下りて、よろめきながらドアを開けた。目がまわってくらくらする。波多野は壁にしがみついている赤堀を無遠慮に見まわした。

「何やってんの」

「ええと、椅子でまわってたら目もまわっちゃって」

「なんで」

「なんでって言われても、ヒトの目がまわる仕組みは感覚器官かなんかのせいじゃないですかね」

「そこじゃない。なんで椅子でまわってたの」

波多野の追い込みが厳しすぎる。赤堀は白衣のポケットに手を突っ込み、鰐川からもらったゼリービーンズの袋を引き出した。中身を素早く彼に握らせ、できるだけ無邪気に微笑みかける。

「さあ、波多野さん。ちょうどおやつの時間ですよ。それ、イギリスのお菓子で奥深い味わいなんで、ぜひ召し上がってください。甘いものが好きでしたよね」

「イギリス製？」

波多野は色とりどりの菓子を検分するかのようにメガネを押し上げ、面倒くさそうに口に入れてから再び目を合わせてきた。

「あなたから頼まれた例のやつ。もうすぐ結果が出るけど」

「ああ、そうですか。急なお願いだったのにありがとうございます。すぐ行きますんで」

赤堀は翻って作業台の上の書類をかき集め、いくつもの標本を急いで棚に戻す。ファイルをひっ摑んでラボの外へ出ると、犯罪心理分析室の扉が開いて広澤が顔を出した。

「赤堀さん、微物の検査だったらわたしも同席していい？」

「どうぞ、どうぞ。科研にもずっと頼んでるんだけど、なんだかんだ後まわしにされてるみたいで」

「まあ、急ぎの仕事とは言えないからね」

二人は白で統一された清潔な廊下を歩き、フロア出入り口のすぐ脇にある部屋に入った。何度訪れても圧倒される。赤堀は戸口から波多野のオフィスを見まわした。自分が使っている部屋の三倍以上の広さはあるだろう。ねずみ色のスチール棚が書架のように整然と並べられ、そこには何かの試薬や見たこともない機械類がぎっしりと収まっている。作業台の上にある何台ものパソコンは、モニターのなかで幾何学模様のスクリーンセーバーが刻々と形を変えていた。

「なんかこう、わくわくするような秘密基地ですよね」

赤堀が目を輝かせて素直な感想を述べるも、波多野は鼈甲縁《べっこうぶち》のメガネを押し上げながらそっけなく鼻を鳴らした。

「狭くてかなわないよ」

「いや、わたしのラボを見てそれ言ってます？」

「あなたの場合は、虫を置いておくスペースだけでいい。うちは違うんだよ」

波多野はにべもなく言った。

「仕事で使う道具も薬品も、こんな部屋に全部収まり切るわけがない。その都度元いた霞が関の倉庫に取りにいくんだから、二度手間どころの騒ぎじゃないんだよ。まったく、仕事を理解してない連中が部署異動にかかわるからこのざまだ。はっきりいって、ここでは仕事にならない」

一切の不満を隠さず、波多野は低い一本調子の声で喋った。広澤から聞いている通り、まだ前向きになれる段階ではないらしい。

赤堀は努めて笑顔で話しかけた。

「少し前に何かの会報で読みましたよ。今、世界中の科学捜査で使われてる指紋検出のシアノ法。あれ、波多野さんが生みの親だそうじゃないですか」

「わたしひとりで開発したわけではないよ」

波多野はつれない調子で即答した。

「そもそも研究開発は、大学や学会と共同でやるものがほとんどだ。当時は学生だったし、ちょっとした閃《ひらめ》きを勢いのまま検証してみただけだよ」

「確か二十歳のときでしたっけ」

広澤が間の手を入れると、波多野は無表情のまま小さく頷いた。

「シアノアクリレート樹脂、いわゆる瞬間接着剤は水分と結びついて固まる。この性質を使うだけだ。気化させた樹脂を吹きつけることで、ポリマー化現象が起きて指紋が白く浮かび上がる。イオン発生装置と組み合わせれば、ほとんどのものに対して有効だよ。長い間、水に浸かった凶器からでも指紋は検出できる」

「なんか簡単に言ってますけど、それってものすごいことじゃないですか。こないだ、シアノガンとかいうものも試作してませんでしたっけ。指紋検出ガスを噴射する小型銃みたいなやつ」

赤堀は捲し立てると、波多野はそっけなく棚の上を指差した。ちょっと大きめのボールペンのような恰好で、ほとんどの人間は何に使うものなのかわからないだろう。彼は薄くなった白い前髪を払い、赤堀と広澤の顔を順繰りに見た。

「シアノ法を発表した当時、日本の警察はほとんど興味を示さなかったよ。新しいものをなかなか受け入れない体質だからな。ＦＢＩはいち早くシアノの有用性を認めて飛びついたってのに」

波多野は淡々とそう言い、パイプ椅子を二脚用意した。

「もうすぐ、ＤＮＡが指紋に取って代わると言い出してる連中もいるようだが、まあ見る目がないとしか言いようがない。速さと正確さ、それにコスト面から考えても指紋はさらに進化を遂げるだろうよ。今、スーパーニンヒドリンを作ってる」

「なんていうか、波多野さんって物静かなのにすごみがありますよね。こないだキレたときなんかは、このビルごと爆破するんじゃないかぐらいの勢いがあったし」

すると波多野は、赤堀の顔をじろじろと見まわした。

「爆破なんて知能の低いことをやるわけないだろう。何かやるときは完全に痕跡を消す。科学はなんのためにあると思ってるんだ」

「ああ、そうか。完全犯罪のためですよね」

「そんなわけないでしょ」

横から広澤がぴしゃりと釘を刺した。

「とにかく、あなた方は組織に従順すぎる。声を上げるべきときに上げないと、どんどん隅に追いやられて不当に扱われるだけだ。黙っててもちゃんと見てくれてる人がいるなんてのは、なんの役にも立たない戯言《たわごと》だよ。その結果が今だからな」

波多野の憤りはとどまるところがない。そのぐらい、今回の人事に深く傷ついているのだろう。経験も貢献度も赤堀とはくらべものにならないのだから、今の状況に納得できるはずがなかった。

肉づきのいい波多野は椅子を勧め、赤堀と広澤はいそいそと腰かけた。彼は作業台を占領している機材を流れるように操作する。

「あなたが持ち込んだ検体は、有機溶剤に加えてガスクロマトグラフにセットしてある」

「こっちの黒いのはMS《質量分析計》ですか？」

赤堀が機材のひとつを指差すと、波多野は小刻みに頷いた。

「ガスクロで気体の濃度を測るのと同時に、MSで質量を分離分析する」

「どっかに検査に出さなくても、こんな近くに最先端技術があったんじゃないですか。データ処理用のパソコンとオートサンプラー。これはほしい答えがすぐに出るって」

わくわくしながら待っていると、波多野はマウスを操作して波型のグラフを呼び出した。もうすでに分析は終わっているらしく、グラフのピークや保持時間の自動算出がおこなわれている。そして瞬《また》く間にライブラリから化合物候補を弾き出し、それを印刷して赤堀に手渡した。

「同定《どうてい》は赤堀さんのほうでやって。まあ、ここに入っているデータは二十万種類以上。ほとんど間違いはないと思う」

「ありがとうございます……」と言いながら、赤堀は早速、元素と数値が並んでいる紙に目を走らせた。

「現場からわざわざ採取してきたそれ、事件当日に出されていたお茶菓子でしょう？」

広澤が横から印刷物を覗き込んできた。

「鑑識の調べでは、現場近くのスーパーで売られている、二本で八百円程度のロールケーキだってわかってたはずだけど。製造場所とラインも含めてね。もうひとつは、駅前の豆腐屋で売られてるおからクッキーだった」

「そうですね、おからクッキーは問題ないんです。ごく一般的で、特殊な材料は使われていなかった。でも、ケーキのほうは表示されてないもっと細かい原材料が知りたいんですよ。ウジの食欲を左右するような何かが含まれていないかどうか」

するとと波多野は腕組みし、赤堀の背後から書類を見下ろした。

「あなたはずっとそればかりを言っている。現場に残されたひとつの指だけ、虫の被害がわずかに軽かったと」

「そうなんですよ」

「でも、こないだの腐敗実験では、特別おかしな結果は出なかったじゃない。何がそれほど気になってるの？」

広澤も、赤堀がこれほど固執する意味がわからないらしい。そのあたり、自分もよくわからないのだが、初めは小さかった違和感が日に日に膨らんでいることだけは確かだった。結果がどうあれ、ここを突き詰める必要があると経験が告げている。

赤堀は紙面に指を滑らせながら、ケーキに含まれる物質を読み上げた。

「小麦粉、砂糖、塩、植物性油脂」

「ちょっと待った」

後ろから急に遮った波多野は、身を乗り出して書類に顔を近づけた。

「炭酸水素ナトリウムと硫酸アルミニウムカリウムだと？　これはなんだ？　人体有害物質だろう」

「ああ、おそらくケーキを膨らませるための膨張剤、重層とミョウバンですね。安い焼き菓子にはこの手の添加物がつきものですよ。微量なら問題ないです」

すると、広澤がだれにともなくつぶやいた。

「あらためてこういうものを見せられると、なんだか加工食品が怖くなるな……」

「確かにねえ。科学の進歩とも言えるけど」

そう言ったとき、波多野がまた声を張り上げた。

「いや、おかしい！　これは論外だ！」

赤堀はびっくりして振り返った。

「波多野さん、声がでっかいって」

「これを見ろ！　菓子なのに炭素と水素も検出されてるだろうが！　この結合はプラスチック分子と同じだぞ！」

「それはショートニングですよ。植物油に水素添加加工したものだって」

「まさか、そのへんの食い物にも入ってるのか？」

「まあ、ありふれたもんですね」

赤堀は顔を上げてにこりと笑い、ある思い出話をした。

「そういえば昔、ショートニングを使って実験をしたことがあったなあ」

「実験？　虫でか？」と波多野がやけに食いついてくる。

「そう、そう。すごいごちそうなのに、ショートニングを混ぜたらゴキブリもハエもぜんぜん寄りつかないの。あの子たちこそ、食の安全を本能で把握してる食通なんだよね。だから家でゴキを見つけたら、むしろ健全だと思わないと」

二人はとたんに黙り込み、顔を見合わせてから書類に目を落とした。ようやく静かになったラボで、赤堀はデータをじっくりと読み込んだ。

遠山家でふるまわれた茶菓子は、安価な量産品だったと解析結果が示している。しかし……。赤堀は、一覧の下のほうに記されている物質を凝視した。銅クロロフィル、すなわち葉緑素がケーキに含まれている。波多野もそれに気づき、手の甲でメガネを押し上げた。

「銅クロロフィルは緑色の色素か」

それを耳にするなり、広澤は捜査ファイルを開いて、鑑識が作成した物証の一覧を引き抜いた。

「現場に残されていたのは、スーパーで売られている二本で八百六十円のロールケーキ。鑑識によれば抹茶味だそうですよ」

「ということは、お茶の色素を安定させたものだな」

「違う」

赤堀は断言して、書類を作業台に置いて顔を上げた。

「このケーキは抹茶味だけど抹茶は含まれていない。香料と着色料でそれらしい風味にしてあるんですよ」

赤堀はにやにやが止まらず、後ろを振り返って波多野に親指を立てた。

「なんなんだ、その締《し》まらないひどい顔つきは……」

「赤堀さんは、わりといつもそんな感じの顔をしてますよ」

広澤は、眉根を寄せている波多野に軽い調子で告げている。赤堀は大きく頷きながら、身振りを交えて早口で言った。

「このケーキの要《かなめ》、抹茶風味を作るのに使われた材料は蚕沙《さんさ》ですよ」

「蚕沙？　なんなの、初めて聞くんだけど」

広澤は手帳を開いて素早くメモをとっている。赤堀は口許に拳を当てて咳払いをした。

「説明しよう。蚕沙っていうのは、妖精みたいに白くてかわいいカイコのフンをカラカラに乾燥させたものです。以上！」

「え？　ちょっと何言ってるの。カイコのフンって、冗談でしょう？」

「冗談じゃなくて超真面目ですよ。蚕沙はカイコの排泄物です」

「は、排泄……」

広澤は白衣の胸許に手をやり、唇をわなわなと震わせた。

「ケ、ケーキになんでそんなものが入ってるの？　スーパーで普通に売られてるものなのに。まさか、異物混入？　たいへんじゃない！　回収騒ぎになる！」

「いつもはクールな広澤さんが、ものすごい慌てようなんだけど」

「あたりまえでしょう！　ケーキに排泄物が入ってるのよ！」

プロファイラーは、一重の涼しげな目を吊り上げて捲し立てた。

「まあ、まあ。ちょっと落ち着いて。排泄物には違いないけど、蚕沙は漢方薬でもあるんですよ。カイコが消化できなかった、桑の葉緑素を安定化させたものが銅クロロフィル。添加物だらけのケーキなのに、なぜか色素は天然ものを入れてるあたり、もともと会社にそういう取り引き先があるんでしょうね」

完全に絶句した広澤は、助けを求めるように波多野を振り返っている。彼は平静をよそおいながらメガネを押し上げ、しかめっ面《つら》のまま口を開いた。

「参考までに聞くが、その色素も一般的なものなのか？」

「そうですねえ。合成着色料の出現で激減してるとは思うけど、抹茶アイスとかガムとか昔ながらのメロンかき氷とか、そういうのにはまだ入ってるかな」

広澤は「銅クロロフィル」と手帳に書き殴って、ぐるぐると丸で囲んでいる。今後加工食品を買うときは、いのいちばんにこの単語を確認するに違いない。波多野は腕組みしてしばらく考え込んでいたが、ふうっとひと息ついて低い声を出した。

「まあいい。論点に戻ろう。科学的に考えても、蚕沙色素とかいうものが、指の損傷具合に関係しているとは思えないが」

「そうですね。ちょっと調べてみますよ。添加物だらけのケーキが指についていたせいで、ウジが敬遠したのかもしれないし」

「そうだったとして、あなたはそこになんらかの意図があると思ってるのか？」

当初は厄介ごとを頼まれたとうんざりしていた波多野だが、今はこの結果が示す意味に興味が湧いているらしい。赤堀は率直に問うた。

「波多野さんって、あんまり法医昆虫学を信じてないでしょ」

「そんなことはない」

彼は力みながら言った。

「今まであなたがかかわった事件の報告書は全部読んだ。その結果を突きつけられてもインチキだと言うやつは、まともにものを考えられない馬鹿者だ」

「なかなかの問題発言だなあ。でも、ありがとうございます。味方ひとりゲット！」

赤堀は、「だれが味方だ」といやがる波多野とむりやり握手した。

「ガスクロの結果を調べれば身元不明男性の名前がわかるとか、犯人がわかるわけではないとは思いますよ。でも、『なぜウジによる蚕食の度合いに違いが出たのか』はわかるかもしれない。法医昆虫学は、徹底的に周辺を調べて虫の言葉を翻訳する学問なんで」

赤堀はそう言って書類を取り上げ、波多野に深々と頭を下げてから再び礼を述べた。そして勢いよく部屋を飛び出し、自分のオフィスへ駆け込んだ。

3

たった一日の休みでは、体力も気力も満足に回復しない。しかも昨日は深酒をしすぎたせいで、昼過ぎだというのにまだ二日酔いを引きずっていた。一方で鰐川は顔の色ツヤがよく、散髪してきたようで身なりはこざっぱりと整っている。見慣れない洒《しゃ》落《れ》たブルーのワイシャツは、妻が見立てたものだろうか。それにくらべて岩楯は、これ以上ないほどシケた雰囲気をまとっていた。

サイドミラーに目をやるたび、あまりの人相の悪さに自分でも驚く。常日頃の不摂生のせいでくすんだ顔色が、得体の知れなさを加速させていた。さすがにこれはなんとかしなければならない。前髪をかき上げてペットボトルの水を呷ったとき、鰐川が場違いなほど明るい声を発した。

「ああ、いたいた。赤堀先生はもう到着しています」

緩やかにブレーキを踏み、遠山宅の脇で停止する。サイドブレーキを引き上げてエンジンを落とすと、黒いキャップを目深にかぶった赤堀が弾むように寄ってきた。

「赤堀先生、お疲れさまです。急な要請でしたけど、大学のほうは大丈夫ですか？」

鰐川が車を降りてすぐに言うと、赤堀は帽子のつばを上げて申し訳程度に微笑んだ。

「急な要請は大歓迎だよ。それでこそ捜査分析支援センターだからね。大学の講義も問題ないし、自分を売り込む絶好の機会だし」

「そうですよね。なんだか、体調が悪いんじゃないかと思って心配してたんですよ」

赤堀はわずかに目を泳がせ、リュックサックのポケットから菓子の袋を出した。ビーバーの肛門から出る何やらで加工してあるゼリービーンズを口に放り込んでいる。鰐川にも差し出し、一瞬で口を閉じさせることに成功した。そして岩楯をちらりと見やったかと思えば、素早く二度見してからじりじりと距離を詰めてきた。

「岩楯刑事、大丈夫？」

「何が」

「そんなウデムシみたいな凶悪な顔になっちゃって」

赤堀がそう言うやいなや、鰐川はタブレットを操作して画像を表示させた。理解しがたい造形の虫が大写しになり、相棒は慌てて画面を閉じた。

すると赤堀はもじもじと指先を動かし、歯切れ悪く切り出した。

「あのさ。こないだの夜のことなんだけど、全部忘れてほしい。わたしも忘れようと思ってる」

滅多にないほどしんみりした昆虫学者の言葉を聞いて、鰐川は弾かれたように動きを止めた。すぐさま上司に何かを問いただすような視線を向けてくる。岩楯は赤堀のリュックを摑み、遠山家の敷地のほうへ追いやった。

「意味ありげな言い方すんな。それにあいにくだが、俺は一度聞いた話は忘れないんだよ。あんたも自分の言葉には責任をもつことだ。ほら、さっさと仕事しろ」

「優しくないなあ……」

赤堀は唇を尖らせ、ぼやきながら玉砂利を踏みしめて奥へ進んだ。何かを言いたげな鰐川を完全に無視して、岩楯も敷地に足を踏み入れる。

一見すると彼女はいつもと変わらない調子だが、後悔の念がどんよりと滞留しているのはわかっていた。悲惨な過去を引きずるのは無理もない話だが、動機はどうあれ赤堀には自分で摑み取ってきた実績がある。あのときの言葉のまま、このまま突っ走ってもなんら問題はなかった。

「それにしても、急に屋敷周りの虫の調査をしろとは、本部はいったいどういう風の吹きまわしなんですかね」

鰐川が、前を歩く赤堀に聞こえないぐらいの音量で言った。

「捜査本部は、法医昆虫学を真面目に考えていなかったはずですが」

「今でも真面目に考えちゃいないだろう。書類上、警視庁からの要請で何かをやったっつう既成事実がいるんだよ」

「既成事実作りですか。無駄な作業ですね」

「大がかりな組織改編までやった挙げ句に、新しく入れた法医昆虫学をほとんど使わなかったじゃ済まされない。この人事にかかわった人間の今後に影響するからな。まさしく公務員の鑑《かがみ》だよ」

今回の調査は別にやらなくてもいいことだろうし、すでにひと月以上が経過した現場の虫採りをしても意味がない。名目だけの不本意な作業にも、論文並みの報告書が必要になってくるのだから赤堀もたまらないだろう。しかし彼女は、現場の虫どもを把握して支配下に置けるチャンスだと思っているようだった。つくづく、虫とともに生きることを決意した女だと思う。

　赤堀は雑草以外の植物がほとんどない庭を歩きまわり、たまに何かを採取してはラベリングすることを繰り返した。庭を行ったり来たりして少しずつ建物に近づき、そのまま屋敷伝いに裏手へとまわる。勝手口から道路へ通じる私道は、先日訪れたときよりも雑草が生い繁って今すぐ草刈りが必要なありさまだった。何より、こんな場所には必ずいるはずなのだ。

　岩楯は、草むらの手前で反射的に足を止めた。とてもではないが、いるとわかっている場所を歩く気にはなれない。雑草の手前でぐずぐずしていると、鰐川はめいっぱい引き伸ばした指示棒を訳知り顔で差し出してきた。

「主任、これをどうぞ。草を払いながら進めば、クモを目視できるし撃退も可能だと思います」

　密かに準備しておいた指示棒が役立ったことに満足している鰐川は、いかにも得意げな顔をしている。初動捜査でもあるまいし、今さらこんな場所に入る必要がどこにある。岩楯は、理不尽な役まわりを心のなかでこき下ろした。そして忌々しいほど用意周到な鰐川から指示棒をひったくり、こめかみを流れる汗を払いながら一歩足を踏み出した。

　そのとき、赤堀が急に言葉にはならない大声を張り上げた。驚いた岩楯は指示棒をぶん投げて飛びすさり、後ろにいた鰐川に激突する。赤堀はぎゃあぎゃあとわめきながら草むらを転げまわって、かぶっていたキャップを撥ね飛ばした。

「なんだ、いったい何が起きた！」

　岩楯が地べたにうずくまっている赤堀の肩を摑んだが、すぐさま勢いよく振り払われた。

「わたしに触らないで！」

「いや、だから何があったんだよ！」

「いいから二人とも下がって、早く！」

　顔を上げた赤堀の目には涙がにじみ、首から頬にかけてうっすらと赤い線が走っている。草むらから這い出してきた昆虫学者は、Tシャツやジーンズをばさばさと揺らしたかと思えば、リュックサックからペットボトルの水を出して顔や首にかけはじめた。

「赤堀先生、もしかして何かに咬まれたんですか？　腕にいくつも痕が……」

　鰐川が不安そうな面持ちで近づいたが、赤堀は手を上げてそれを遮った。

「この私道には、やけど虫が大繁殖してる。あとムカデも」

「やけど虫？　なんだよそれは」

「アオバアリガタハネカクシ」

そう言った赤堀は、刑事二人にも強制的に手を洗わせた。再び屈み、ピンセットで何かをつまんで顔の前に突き出してくる。それはオレンジと黒のツートンカラーで、一センチにも満たない細長い虫だった。岩楯は、ピンセットの先で体をくねらせる虫に目を凝らした。顔はアリにそっくりだが、確かに警戒心を煽る毒々しい色をしている。

「この子、体液にペデリンっていう有毒物質をもってるの。さっき首とか腕を払ったとき、この子がついてて潰れたと思う」

喋りながら赤堀は、手首にある黒い革ベルトのクロノグラフに目を落とした。

「今から早くて二時間後ぐらいに、体液のついた場所が真っ赤になってやけど痕そっくりの水ぶくれができるんだよ。で、猛烈な痛みとかゆみに襲われる。この子は、時間差攻撃を仕かけてくる知能犯だから」

赤堀はピンセットでつまんだ虫を小瓶に入れ、岩楯と鰐川の足許にしゃがんで虫がついていないことを注意深く確認した。そしてリュックサックのポケットから水中メガネを出しておもむろに装着する。

「いや、なんで今それを着けたんだよ」

「ペデリンは目に入ると失明の可能性があるの。手に毒が残ったまま目をこすったりしたら、取り返しがつかないからね。まったく、ものすごい数だよ」

赤堀はムカデにも咬まれたと毒づいて腕をさすった。もはや全身傷だらけだ。

「この私道にはかなりの卵が産みつけられてる。やけど虫は、卵も幼虫も蛹《さなぎ》も、全部がペデリンをもってて始末に負えないんだよ。潰さなくても触るだけで敵にダメージを与える。そのうえ死骸にも毒が残るからね。もう、だれも近づけないから天敵もいない。昆虫界の上位捕食者だよ」

「おい、おい。なんでそんなヤバい虫がこんなとこで繁殖してんだよ」

岩楯は、風にざわめく雑草群へ恐々《こわごわ》と目をやった。よく見れば、細長い葉の上にオレンジ色の虫が何匹も貼りついているのがわかる。赤堀はリュックから長袖のダンガリーシャツを引きずり出して羽織り、まくり上げていたジーンズを足首まで下ろした。タオルで首許を完全防備して再び草を踏みしめている。

「先生、ちょっと待てって。毒虫だらけのとこに、そんな軽装で入んなよ」

「岩楯刑事」

水中メガネを着けた昆虫学者は振り返った。

「事件後の現場検分で、やけど虫の被害があったかどうか聞いてほしい。特に鑑識さんね。十時間以内にやけどみたいな水ぶくれの症状が出た人はいないか。それが知りたい」

岩楯が鰐川にあごをしゃくると、すぐにスマートフォンを出して確認作業を開始した。赤堀は軍手をはめた手で草を静かにかきわけ、卵や幼虫らしき黒いウジに似た生き物を熱心に採取している。時間をかけて地面を検分し、遠山宅の縁の下を覗き込んだまま動きを止めた。ポケットからペンライトを出して、暗がりを照らし出す。そして汗だくになりながら立ち上がり、裏の家との境であるブロック塀を見上げた。

「岩楯刑事。ちょっと手伝ってほしいんだけど」

草に注意しながらおそるおそる近づくと、赤堀は傷だらけの顔に笑顔を作った。

「おんぶして」

「は？」

「このブロック塀の上を見たいの。プランターにマリーゴールドがいっぱい咲いてるでしょ？ 岩楯刑事なら簡単に届くかなと思って」

岩楯は、何かを企んでいるような顔をしている赤堀を見下ろした。そして面倒事を鰐川に押しつけようと思って振り返ったが、相棒は未だスマホを首に挟んで熱心にメモをとっている最中だ。岩楯はため息をついて屈み、妙にわくわくしている昆虫学者を背中に乗せて立ち上がった。まずその軽さに驚き、いきなりの大声にも驚いた。

「おんぶなんて、学生のときに大吉にしてもらって以来だよ」

「先生、やかましいって」

「大人になるとおんぶってしないよね。岩楯刑事はよくだれかをおんぶする？」

「するかよ。いいから早く終わらせてくれ」

赤堀はブロック塀の縁に捕まり、また声を上げた。

「あー、これは見事にハダニの生息地になってるねえ」

何がおもしろいのかひとりで笑いながら、またピンセットを振るいはじめている。そして背中の上でもぞもぞと動き、伸び上がって塀の向こう側を覗き込んだ。

「裏の家はまるで花園だよ。しかも、マーカーで塗ったみたいにものすごい色の花ばっかり。あ、柴犬がいる。喜んで尻尾《しっぽ》振ってるけど、今こそ吠えなきゃダメだよね。岩楯刑事、聞いてる？」

「覗きは立派な犯罪だぞ。さっさと降りろ」

岩楯が釘を刺すと、赤堀はさらに何かを採取してからぴょんと背中から飛び降りた。完全なる空元気《からげんき》。しかし、いつもの自分に戻ろうと奮起しているようだった。

「裏の家のガーデニングのせいで、やけど虫が大発生してるみたいに見える。ちょっと話を聞いてみたいんだけど」

忙しなく小瓶をしまっているそこへ、電話を終えた鰐川が戻ってきた。

「赤堀先生。現場検証で怪我した捜査員はいませんね。時間差でやけどのような症状が出た者もいませんでした」

「そっか。ワニさん、サンキュー。ということは、やけど虫がこれだけ増えたのはここ最近ってことになる。遠山さんの家の床下にまで入り込んでるから、このままの状態が続くようなら駆除が必要かもしれない」

「それほど危険な虫なんですか？」

「この大発生はちょっと危険だね。本来なら、稲につく害虫を食べてくれる益虫でもあるんだけど」

赤堀はまた草むらを確認して腕組みをした。

それから三人は、毒虫で塞がれた私道を迂回して裏手へまわり、貝塚邸の前に立った。さすがの赤堀もぽかんと口を開け、常軌を逸した極彩色の家に圧倒されている。鰐川は今日も素早く写真を撮って、造花のような花が絡みついている門を開けて中に入った。あいかわらずどぎつい香水のような匂いが漂っているし、目から入る激しい色みが二日酔いに障ってしょうがない。呼び鈴を押してしばらく待っていると、玄関ドアが開いた。

「はい。あら、刑事さん。ご苦労さまです、今日も暑いですね」

「いつも突然ですみません。ちょっとお話を聞かせていただきたくて」

岩楯が会釈をするなり、貝塚夫人は流れるような仕草でなぜか二人の刑事と握手をした。そして後ろでうろうろしている赤堀に目を留め、たちまち説明を求めるような視線を送ってくる。それはそうだろう。首にタオルを巻いて水中メガネを着け、顔は細かい傷だらけだ。不審者以外の何物でもない。

鰐川は、赤堀に手を向けて端的に紹介した。

「こちらは法医昆虫学者の赤堀博士です」

「え？　博士？」

貝塚夫人は小首を傾げ、あごに指を当てて戸惑いを見せている。今日も年齢を吹き飛ばすような華やかな美しさは健在だ。薄茶色の髪を真っ赤なスカーフで結び、オレンジ色のエプロンを引っかけている。赤堀は前に進み出てにこりと笑った。

「こんにちは。ちょっとお花のことについてお聞きしたくて」

「ええ……なんでしょう」

貝塚夫人は、まるで値踏みでもするような視線で赤堀の全身をくまなく舐めまわした。そして自分の優位を即座に確信したようで、あごを上げていささか憐れんだように微笑んでいる。それは驚くほどあからさまで、岩楯に見せていた表情とはまったく違うものだった。遠山家の隣人が語っていた、性根が悪いという言葉がぴったりの仕種である。

赤堀はそんな失礼な態度も意に介さず、花咲き乱れる庭に手を向けた。

「この庭は立派なお花だけじゃなくて、下草にも気を配っていますよね。ワスレナグサとかミントとか」

「そうね。わたしはバランスを大事にしているから、お花だけ咲けばいいというわけじゃないの。植物の力は偉大だからね」

貝塚夫人は誇らしげに頷き、先日も聞いた講釈をしはじめた。

「わたしはマリーゴールドのアレロパシー効果を利用していてね。自然の力で害虫を寄せつけない町を目指してるんですよ。効果はもう出はじめていると思うわ」

「それなんですが、かなり逆効果になってるんで改善が必要かと」

赤堀が笑顔のままきっぱり言うと、貝塚夫人は心底びっくりしたように目を見開いた。

「マリーゴールドが威力を発揮するのは、土の中にいるセンチュウに対してなんですよ。センチュウはマリーゴールドの根っこが大好きで、中に潜《もぐ》り込んじゃうんです。でも、マリーゴールドはテルチオフェンっていう物質を合成していて、それがセンチュウにとどめを刺す……って仕組みなんで、外にいる虫には効かないわけですよ」

「そんなことないでしょう。マリーゴールドを積極的に植えている農家が、あちこちにあるのに。こないだもテレビでやってたわよ」

貝塚夫人は、子どものようにむきになって反論した。

「それはニンジンとかジャガイモとかカブとか、根菜類の畑じゃないかな。この場合は、肥料みたいにしてお花と土を一緒に耕しちゃうんですけど」

「いいえ、違います。わたしはね、ナスの畑でマリーゴールドを咲かせているのを実際に見ているの。害虫を寄せつけない効果は確かにあるんですよ」

「ああ、それはマリーゴールドがある種のカメムシを呼び寄せるからですよ。このカメムシはナスにつく害虫の天敵になってるから、食物連鎖でおのずと作物への被害は減る。昆虫相を利用した減農薬大作戦ですね」

赤堀が変わらぬ笑顔で説明すると、貝塚夫人はいきなり岩楯の腕を掴んで助けを求めるような顔をした。この話が通じない女をどうにかしてくれと言わんばかりで、鰐川にもちらちらとアイコンタクトを送っている。

思っていた通り、この女は異常なほどの我の強さでそれを押し通しながら生きている。たいがいの人間は、その分野を極める学者に食ってかかるような愚かしい真似はしないはずだ。何事も見た目で判断し、ひとたび不利になれば、こうやって周りを巻き込んで騒ぎに発展させてきたのだろう。そして従わない者を虐《しいた》げてきた。草木染め教室に通っていた被害者の遠山亜佐子も、敵に認定して追放したのが目に見えるようだった。

赤堀は敵愾心《てきがいしん》を剝き出しにしている貝塚夫人を見つめ、ほとんど感情を見せずに淡々と言った。

「それでですね。見たところ、貝塚さんは、かなりの量の園芸用薬剤を使っていると思うんですが」

そう言ったとたん、貝塚夫人は急に声を荒らげた。

「わたしは薬に頼らない庭作りをしてるんです！　それを生徒にも町の人たちにも指導しているの！　想像で滅多なことを言うのはやめてちょうだい！」

突然の怒りに赤堀は面食らったような顔をしたが、別に気にするでもなく先を続けた。

「ええと、別に非難してるわけじゃないんです。ただ、貝塚さんが薬剤を使った結果として、ある虫が異常発生してるんですよ。たぶん、ピレスロイド系の薬で庭の虫を徹底的に駆除したと思うんですが、特にマリーゴールドに寄ってきた大量のヒメハナカメムシです。二ミリぐらいの小さい子なんですけど」

「そんな虫は寄ってきていません」

「いえ、マリーゴールドには必ず誘引されてくるんですよ。その子を含めた虫を駆除したせいで、食物連鎖の上位が淘汰されてしまった状態が今ですね」

赤堀は玄関脇に寄せ植えされている、ショッキングピンクの大ぶりな花を指差した。

「たとえばこのダリアですけど、アブラムシだらけでもうすぐ枯れますよ」

「何を言ってるのよ」

貝塚夫人が再びいきり立ったが、赤堀は話の腰を折らせなかった。

「普通、これだけの下草があれば、アブラムシの天敵でもあるテントウムシが棲みつくから、ある程度の秩序が保たれる。でもここは無法地帯で、アブラムシとかハダニがやりたい放題なんですよ。で、それを好んで捕食するやけど虫が大量発生してしまったと」

鰐川は帳面を開き、赤堀の言葉を猛烈な勢いで書き取っている。美貌の貝塚夫人は眉間に深いシワを寄せ、今度は開き直ったように腕組みをしてあごを上げた。

「あなたが言うことが事実だとして、だからなんなの？　害虫が発生したなら、また根絶やしにすればいいでしょうに」

「やみくもに殺せば殺すほど、虫は大発生するようにできてるんです。自然界の均衡は、崩れたら元に戻ろうとする力が強く働くんですよ」

常日頃とは比較にならないほどの冷静さを保っている赤堀は、怒りに燃える夫人の顔をじっと見ながら追い討ちをかけた。

「裏の遠山さんのお宅ですが、たび重なる虫の大発生で苦情を言ってませんでしたか？　これはわたしの想像になっちゃうんですけど、遠山さんの庭に草木がないのは、貝塚さんの家から虫が侵入するのを防ぐ意味なのかなと思って」

貝塚夫人はさっと顔色を変えた。赤堀の推測は図星のようで、やはり遠山家と貝塚家には揉め事があったらしい。すると昆虫学者は、急に表情を緩めて笑顔を作った。

「ところで話は変わるんですけど、貝塚さんが着けてるエプロンとスカーフの色。すごくすてきですよね」

　夫人は何が起きたのかがわからなかったようで、一瞬だけ間の抜けた複雑な面持ちをした。しかしすぐ勝気な目に戻して刺々《とげとげ》しく言った。

「自分で染めたんですよ。それが仕事だから」

「へえ、確か草木染めでしたよね。ちなみにそのエプロンは、何で染めたんですか？　微妙な色合いですけど」

　いったい、赤堀は何を知りたがっている？　迷いのないまっすぐな目をして、貝塚夫人を射抜いているではないか。

「このエプロンはビワの葉で染めたのよ。冬場のビワは、こんなふうに深い色になるの」

「なるほど。緑の葉っぱを煮出すとオレンジ色になるなんて、ちょっと想像つかないなあ。髪に結んである赤いスカーフも草木染めですよね」

「ええ、そうね。基本的に、わたしは自然のものしか身につけない。町のみんなもその考えに共感してくれてますよ」

「うん、うん。ちなみにスカーフはなんの植物で染めました？」

　貝塚夫人はほんのひと呼吸の間をあけ、咳払いをしてから言った。

「サクラですよ。銅で媒染すると真っ赤に染まるの。ちょっと官能的な色よね」

すると赤堀は、貝塚夫人から一時も目を離さずに続けた。

「貝塚さん。わたしは草木染めにはまったくの素人で、サクラがどんな色に染まるのか見当もつきません。でも、虫に関しては目利きだと自負しています。その赤いスカーフは、コチニール色素で染めていますよね？　天然色素だとすれば、カイガラムシでしか染まらないレベルの深紅なんですよ」

「虫？　何を言ってるの……」

「ああ、カイガラムシじゃなくて、ワームベリーって言ったほうがいいかな。もしかして貝塚さんは、ワームベリーが植物だと思ってました？」

夫人は口をつぐんで、体を支えるように下駄箱に手をついた。

「たいへんお手数なんですが、そのスカーフを染めた材料を見せてもらいたいんです」

赤堀はブレのない目をして言い切った。まさか、遠山宅の納戸をあさったのが貝塚夫人だと思っている？　だとすれば、三人に危害を加えたのもこの女ということになるが……。岩楯は、動揺を悟られまいとしている貝塚夫人に目を据えた。今までの傲《ごう》慢《まん》さはだいぶ薄れてはいるものの、まだ赤堀を格下として舐めている様子が窺える。

夫人は気を落ち着けるようにふうっと細く息を吐き出し、赤堀をひと睨みしてから岩楯にすがるような目を向けた。

「刑事さん、これはいったいなんの取り調べなの？　さっぱり意味がわからないし、はっきり言いますけど、この方はとても無礼だと思いますよ。なんの証拠もないのにうそつき呼ばわりなんて、完全に名誉毀損《きそん》だわ」

「そうですね、申し訳ありませんでした」

岩楯はひとまず頭を下げた。貝塚夫人はそれ見ろと言わんばかりに赤堀に顔を向け、勝ち誇ったように微笑んでいる。この女の言いなりになっている連中は、こうやって無害な者を吊るし上げてきたのだろうか。岩楯はあまりのくだらなさに辟易《へきえき》し、貝塚夫人に向き直った。

「ではあらためて、わたしからもご協力をお願いしますよ。スカーフを染めた材料を見せていただきたい」

貝塚夫人はびっくりして岩楯を二度見した。そしてなぜか裏切られたような悲しげな顔をして、素早く鰐川に目を向ける。しかし相棒はメモをとりながら夫人に鋭い視線を向けており、それを見るや口に手を当てて急にさめざめと涙を流しはじめた。

「ひどい……こんなのはただのいじめじゃないの。女性ひとりに対して三人がかりでなんなんですか？　いえ、ちょっと待って。まさか……」

夫人はことさら驚いたように大きく息を吸い込んだ。

「まさか、遠山さんの事件をわたしのせいにしようとしてるの？　犯人が見つからないから、だれかに罪を着せて逮捕しようとしてるの？」

「貝塚さん、そんなことはしませんよ。ただ、ご協力をお願いしているだけです。別に難しいことは言っていないはずですが」

すると夫人はよろめきながら「だれか助けて！」と声を張り上げて両手で顔を覆い、玄関先に膝をついて泣き崩れた。演技派の大女優でもなかなかこうはいかないだろう。悲劇が実に板についており、今までの世渡り術が垣間《かいま》見えるようだ。

岩楯は特になんの反応もせず、極めて形式的に事を進めた。

「貝塚さん、ご協力いただけないのであれば、令状を持参して強制するような形になってしまいます。ちなみになんですが、下駄箱の中なら見てもかまいませんかね」

とたんに夫人は泣き濡れた顔を上げ、三人を順繰りにねめつけながら下駄箱の扉を手荒く開けた。すぐ現場に残されていた足紋と同じメーカーのスニーカーが目に入り、岩楯の心拍数は撥ね上がった。即座に手袋をはめてスニーカーを取り上げ、裏返して底を凝視する。流線模様をした靴底の溝には、赤黒い物質がまんべんなくこびりついていた。まるでタイルの目地のように、固まった血液が入り込んでいる。

「貝塚さん、署まで同行願えますか」

抑揚のない刑事の言葉に、彼女はきょとんとして口を半開きにした。

「え？　いったい何を言ってるの？」

「この二十四センチのスニーカーの底には、目で見てわかるほど大量の血液が付着している。ご同行をお願いします」

貝塚夫人は絶句し、口許を手で覆って体をぶるっと震わせた。今度は演技ではなく、強い恐怖心のためか呼吸が速くなって激しく咳き込んでいる。どうやら彼女は、現場に血染めの足紋を残していることに今初めて気づいたようだった。

4

西荻窪警察署への道すがら、貝塚夫人は知り合いに電話させてほしいの一点張りだった。なんでも方々の権力者に伝手《つて》があるらしく、この事態をたちまち収束できると脅しも交えて豪語している。弁護士以外への連絡を却下すると怒りに燃えていたが、警察署に到着するなり今度は悲劇を振りまいて彼女は黙秘しますとうつむいた。よくもまあ、ころころと態度が変わる。しかし、しおらしくしていたのも束の間だった。

取調室に入ってからは再びがらりと態度を変え、さっきから前に座る岩楯を臆することなく見つめている。

どうやら、泣き落としが通じない相手だと判断されたらしい。が、一方では、パソコンのキーを叩いている鰐川を落ち着きなく気にしていた。若くて生真面目そうなこの男なら、手玉に取れるかもしれないと考えているのだろうか。習慣とは怖いもので、この事態だというのに、まだだれかがなんとかしてくれると思っているらしい。

岩楯はねずみ色の机の上で手を組み、貝塚夫人と真っ向から目を合わせた。

「なぜここに連れてこられたのか、それは理解しておられますかね」

「冤罪《えんざい》事件をひとつ増やすためでしょ」

貝塚夫人は斜に構えてふてぶてしく軽口を叩いた。岩楯の思った通りで脱力した。このタイプの女に黙秘はできないと踏んでいたが、それは当たりのようだった。

岩楯は場違いなほどににこやかに頷いた。

「冤罪なんてことにはならないよう、時間をかけて細心の注意を払いますよ」

「時間をかけてですって？　冗談じゃない。わたしにも予定ってものがあるの。こんなところでぐずぐずしてられないのよ。わたしを必要としている人が大勢いるんだから」

「じゃあ、予定を変更してもらうしかないな。優先順位は取り調べが一番目なんで、待ってる人はそのまま待たせておいてください」

彼女は唇を噛んで岩楯に不快感を示し、ぷいと子どもっぽくそっぽを向いている。こんな行為にも愛らしさの片鱗が見えていたはずだが、今となっては五十過ぎの痛々しい女でしかない。岩楯は書類に目を落とし質問をした。

「スニーカーの底についていた血液は現在調査中です。ただ、血液型はA型だということがわかった。あなたはAB型で、旦那さんはO型ですね。いったい、どこであれほどの血液を踏んだんです？」

「黙秘します」

彼女はかぶせ気味に即答した。

「そうですか。ちなみに、DNA鑑定という言葉ぐらいは聞いたことがあると思いますが、一滴の血液や髪の毛一本からでも個人を特定できる技術です。時間が経って乾燥してしまった血液でも、問題なくそれはできるんですよ」

貝塚夫人は豊かな畝《うね》のある髪を耳にかけ、落ち着きなく指を動かした。

「あなたが事件に関係あるかないかは別にして、靴底から血痕が出たことは事実です。これはおわかりになりますよね？」

「わかってるわよ。だからここにいるんでしょ」

「それはよかった」

岩楯は鷹揚《おうよう》に頷いて見せた。

「あの血液が事件に無関係だったとしても、どこでついたのかを我々は知る必要があるんです。頭からあなたを犯人扱いしているわけではないということをご理解ください」

刑事の噛み砕いた説明を聞いて、彼女はあごに手を当てて考え込んだ。

貝塚夫人は物証や捜査の流れというものに著しく疎《うと》い。年齢的なものもあるだろうが、日々巷《ちまた》で起きている事件や報道にはまったく無関心のまま暮らしていることが窺えた。要するに小細工やうそでどうにでもなると考えているし、こっちが恐ろしくなるほど事の深刻さがわかっていなかった。

岩楯はファイルを開いてぱらぱらとめくり、一枚の写真を抜いて机に滑らせた。彼女は目の前に置かれた写真に目を落とし、すぐに疑問符の浮かんだ顔を上げる。

「これは、事件のあった遠山さんの家で採取された足紋、いわゆる足跡ですよ。二十四センチのスニーカーで、貝塚さんの家にあったものとサイズも磨耗《まもう》箇所も含めてまったくの同型です」

「そんなものまであるの……」

心底驚いたような顔をしたが、彼女はすぐ強気な態度に戻した。

「でも、それだけでわたしが犯人だって言うのはおかしいと思います」

「それだけでって、そう滅多にないぐらいの証拠なんですけどね。とにかく、あなたの常識はここでは通用しない。それは肝に銘じてください」

感情をこめずに言うと、貝塚夫人は悔しそうに口を引き結んだ。

「それと、赤堀博士が指摘した例の真っ赤なスカーフの件ですが、ご主人にお願いして家にあった染めの材料をいくつか提供してもらいました」

「なんですって？」

彼女は色素の薄い目を剝き、怒りで唇を震わせた。

「そんな勝手は許さない！　わたしの持ち物なのよ！　十年以上も前に、自分で買ったの！　ひと言の相談もなしになんて信じられない！」

「まあ、まあ。今となっては相談のしようがないですからね」

彼女は憤りのあまり身じろぎをして、攻撃の対象を夫から赤堀に変えた。

「だいたい、あのおかしな学者が口から出まかせを言って、それを警察が信用するってどういうことなのよ！　なんのために染めの材料が必要なの！　それこそ事件になんの関係もないじゃない！」

「貝塚さん。ちょっと落ち着いてください」

岩楯は手許の書類をめくった。

「赤いスカーフを何で染めたのかと聞かれたとき、あなたは咄嗟にサクラと答えた。こちらでもざっと調べましたが、サクラで染めても赤にはなりませんよね。草木染めを教えているあなたなら、そんなことは百も承知だ。なのに、あのときうそをついた」

「ま、間違えただけです」

「ええ、そうだと思いましたよ。ちなみに事件の起きた遠山さんのお宅で、草木染めの材料が物色された形跡がありましてね」

すると貝塚夫人は、がたりと音を立てて椅子をずらした。隠しきれなくなった性格の悪さが人相を変えており、今の彼女では町のだれも味方につけることはできないだろうと思われる。ぐっとあごを引いて岩楯を睨みつけ、唇を醜く歪めた。

「それがなんだっていうの」

「事実を言ったままでです」

彼女は息を荒らげて身震いし、矛先《ほこさき》を再び赤堀に変えた。